gloria

le survenant

germaine guèvremont

Chronologie, bibliographie
et jugements critiques d'Aurélien Boivin,
mis à jour (octobre 1984).

bibliothèque
québécoise

fides

Couverture:
Conception graphique et illustration de Michel Gagnon, d'après une illustration
de Claude Cloutier.

ISBN: 2-7621-0839-X

Dépôt légal: 4ᵉ trimestre 1984, Bibliothèque nationale du Québec.

Achevé d'imprimer le 20 octobre 1984, à Louiseville,
par l'Imprimerie Gagné Ltée.

NOTE DE L'ÉDITEUR

En avril 1968, madame Germaine Guèvremont nous remettait un exemplaire corrigé de son roman Le Survenant, *paru aux Éditions Beauchemin, en 1945. Pour la romancière, décédée le 21 août 1968, ce texte remanié constituait la version définitive de l'œuvre. C'est cette version, d'abord publiée dans* la collection du Nénuphar, *que la* Bibliothèque canadienne-française *présentait en 1970 aux lecteurs de ce roman dont la riche substance humaine, la fine psychologie et les qualités de style ont fait un chef-d'œuvre de la littérature canadienne-française.*

Le fond de l'œuvre reste le même que dans la version originale, écrite de 1942 à 1944, car l'auteur n'a pas jugé utile de modifier le plan général du roman, ni de le changer par l'addition ou la suppression de quelque péripétie que ce soit. Dans l'ensemble, la forme elle-même n'a subi que peu de transformations, puisque madame Guèvremont s'est bornée à quelques corrections mineures, de nature à alléger une phrase, à assouplir une tournure, à polir tel ou tel détail. Le lecteur lui en saura gré puisque trop de rigueur de sa part eût risqué d'altérer l'inimitable fraîcheur et l'exemplaire spontanéité d'un style où passent avec un naturel sans faille la vivacité, la sensibilité et la vérité de l'âme paysanne.

La retouche importante apportée par l'auteur au texte antérieur consiste dans la modification du dénouement de l'œuvre.

Contrairement à ce qu'elle avait cru d'abord devoir faire, madame Guèvremont a tenu, cette fois-ci, à conserver intact le mystère de l'identité du Survenant. Ce dernier quitte désormais le Chenal du Moine comme il y est arrivé, enveloppé d'une sorte de secret dont la nature crée autour de lui une ambiguïté qui fait du personnage un être à la fois mystérieux, fascinant et presque légendaire. Ce changement d'importance ajoute beaucoup, selon nous, à la poésie du roman en maintenant jusqu'à la fin de l'œuvre un mystère à la faveur duquel le Survenant acquiert une certaine dimension mythique, une stature agrandie par l'inconnu qui empêche de le définir.

1

UN soir d'automne, au Chenal du Moine, comme les Beauchemin s'apprêtaient à souper, des coups à la porte les firent redresser. C'était un étranger de bonne taille, jeune d'âge, paqueton au dos, qui demandait à manger.

— Approche de la table. Approche sans gêne, Survenant, lui cria le père Didace.

D'un simple signe de la tête, sans même un mot de gratitude, l'étranger accepta. Il dit seulement :

— Je vas toujours commencer par nettoyer le cochon.

Après avoir jeté son baluchon dans l'encoignure, il enleva sa chemise de laine à carreaux rouge vif et vert à laquelle manquaient un bouton près de l'encolure et un autre non loin de la ceinture. Puis il fit jouer la pompe avec tant de force qu'elle geignit par trois ou quatre fois et se mit à lancer l'eau hors de l'évier de fonte, sur le rond de tapis, et même sur le plancher où des nœuds saillaient çà et là. Insouciant l'homme éclata de rire ; mais nul autre ne songeait même à sourire. Encore moins Phonsine qui, mécontente du dégât, lui reprocha :

— Vous savez pas le tour !

Alors par coups brefs, saccadés, elle manœuvra si bien le bras de la pompe que le petit baquet déborda bientôt. De ses mains extraordinairement vivantes l'étranger s'y baigna le visage, s'inonda le cou, aspergea sa chevelure, tandis que les regards s'acharnaient à suivre le moindre de ses mouvements. On eût dit qu'il apportait une vertu nouvelle à un geste pourtant familier à tous.

Dès qu'il eut pris place à table, comme il attendait, Didace, étonné, le poussa :

— Quoi c'est que t'attends, Survenant ? Sers-toi. On est toujours pas pour te servir.

L'homme se coupa une large portion de rôti chaud, tira à lui quatre patates brunes qu'il arrosa généreusement de sauce grasse et, des yeux, chercha le pain. Amable, hâtivement, s'en taillait une tranche de deux bons doigts d'épaisseur, sans s'inquiéter de ne pas déchirer la mie. Chacun de la tablée que la faim travaillait l'imita. Le vieux les observait à la dérobée, l'un après l'autre. Personne, cependant, ne semblait voir l'ombre de mépris qui, petit à petit, comme une brume d'automne, envahissait les traits de son visage austère. Quand vint son tour, lui, Didace, fils de Didace, qui avait le respect du pain, de sa main gauche prit doucement près de lui la miche rebondie, l'appuya contre sa poitrine demi-nue encore moite des sueurs d'une longue journée de labour, et, de la main droite, ayant raclé son couteau sur le bord de l'assiette jusqu'à ce que la lame brillât de propreté, tendrement il se découpa un quignon de la grosseur du poing.

Tête basse, les coudes haut levés et la parole rare, sans plus se soucier du voisin, les trois hommes du Chenal, Didace, son fils, Amable-Didace, et Beau-Blanc, le journalier, mangeaient de bel appétit. À pleine bouche ils arrachaient jusqu'à la dernière parcelle de viande autour des os qu'ils déposaient sur la

8

table. Parfois l'un s'interrompait pour lancer un reste à Z'Yeux-ronds, le chien à l'œil larmoyant, mendiant d'un convive à l'autre. Ou bien un autre piquait une fourchetée de mie de pain qu'il sauçait dans un verre de sirop d'érable, au milieu de la table. Ou encore un troisième, du revers de la main, étanchait sur son menton la graisse qui coulait, tels deux rigolets.

Seule Alphonsine pignochait dans son assiette. Souvent il lui fallait se lever pour verser un thé noir, épais comme de la mélasse. À l'encontre des hommes qui buvaient par lampées dans des tasses de faïence grossière d'un blanc crayeux, cru, et parfois aussi dans des bols qu'ils voulaient servis à la rasade, quelle qu'en fût la grandeur, la jeune femme aimait boire à petites gorgées, dans une tasse de fantaisie qu'elle n'emplissait jamais jusqu'au bord.

Après qu'il en eut avalé suffisamment, l'étranger consentit à dire :

— C'est un bon thé, mais c'est pas encore un vrai thé de chanquier [1]. Parlez-moi d'un thé assez fort qu'il porte la hache, sans misère !

Ce soir-là, ni le jour suivant qu'il passa au travail en compagnie des autres, l'étranger ne projeta de partir. À la fin de la relevée, Didace finit par lui demander :

— Resteras-tu longtemps avec nous autres ?

— Quoi ! je resterai le temps qu'il faut !

— D'abord, dis-nous qu'est ton nom ? D'où que tu sors ?

— Mon nom ? Vous m'en avez donné un : vous m'avez appelé Venant.

— On t'a pas appelé Venant, corrigea Didace. On a dit : le Survenant.

---

1. Voir le Vocabulaire à la fin du volume.

— Je vous questionne pas, reprit l'étranger. Faites comme moi. J'aime la place. Si vous voulez me donner à coucher, à manger et un tant soit peu de tabac par-dessus le marché, je resterai. Je vous demande rien de plus. Pas même une taule. Je vous servirai d'engagé et appelez-moi comme vous voudrez.

— Ouais... réfléchit tout haut Didace, avant d'acquiescer, à cette saison icitte, il est grandement tard pour prendre un engagé. La terre commence à être déguenillée.

Son regard de chasseur qui portait loin, bien au delà de la vision ordinaire, pénétra au plus profond du cœur de l'étranger comme pour en arracher le secret. Sous l'assaut, le Survenant ne broncha pas d'un cil, ce qui plut infiniment à Didace. Pour tout signe de consentement, la main du vieux s'appesantit sur l'épaule du jeune homme :

— T'es gros et grand. T'es presquement pris comme une île et t'as pas l'air trop, trop ravagnard...

2

QUAND il arriva au sillon voisin de sa maison, Didace Beauchemin se redressa. Sans un mot il tira sur les cordeaux. Docile, le cheval, la croupe lustrée d'écume, aussitôt s'arrêta. Pour mieux prendre connaissance de la planche de terre qu'il venait de labourer, Didace, le regard vif sous d'épais sourcils embroussaillés, se retourna : les raies parallèles couraient égales et presque droites dans la terre grasse et riche. Malgré ses soixante ans sonnés, il gardait encore le poignet robuste et le coup d'œil juste. Il avait fait une bonne journée.

Entre la route à ses pieds et les pâturages communaux de l'Île du Moine, l'eau du chenal coulait, paisible et verte. Au nord, deux colonnes de fumée vacillaient au large de l'Île à Pierre : un paquebot remontait le fleuve. Didace pensa :

— Les quat' mâts achèvent de monter.

Allégées de leur lait, une dizaine de vaches, à la file, avançaient lentement sur la berge boueuse. Dans le ciel uni, sans une brise, un seul nuage rougeoyait vers l'est, dernière braise vive parmi les cendres froides. Didace, le front haut, la narine sensible, huma avec dédain la fadeur de l'air tiède. Quoique la fraîcheur du soir approchât, il sentait ses épaules pénétrées de

11

chaleur. À ce temps mort, amollissant, il préférait les pluies de bourrasque, les rages de vent qui fouettent le sang des hommes et condamnent les oiseaux sauvages à se réfugier dans les baies.

Soudain il vit deux hommes, en voiture légère, s'engager dans la montée. Ayant reconnu Pierre-Côme Provençal avec Odilon, l'aîné de ses garçons, Didace, vivement, détela le cheval qui, de son plein gré, prit le chemin de l'écurie. Puis il alla s'appuyer contre la clôture et se mit à fumer.

Au milieu de la plaine, parmi les maisons espacées et pour la plupart retirées jusque dans le haut des terres, loin de la rivière et de la route avoisinante, afin de parer aux inondations, celle de Didace, bâtie sur une butte artificielle, près du chemin du roi, possédait le rare avantage d'être à la portée de la voix : les Beauchemin pouvaient, à toute heure du jour, recevoir du passant, sur la route ou sur le chenal, un mot, un salut, un signe d'amitié. Même s'ils avaient peu de choses à dire, ils échangeaient de brèves remarques sur l'eau haute ou l'eau basse, l'erre de vent, la santé, pour le seul plaisir de se délier la langue, pour montrer qu'ils étaient encore de ce monde, ou tout bonnement pour ne rien laisser perdre d'une si belle occasion. Si l'un d'eux, peu d'humeur à causer, n'entendait pas la plaisanterie, il se contentait de le signifier d'un rebondissement du derrière : un signe de vie tout de même.

— Arrié ! Hé ! Didace !

Didace ne bougea point. Lui et Pierre-Côme Provençal se boudaient. Rarement avait-on vu deux amis d'enfance, deux premiers voisins se quereller et se raccorder avec autant de facilité. Mais depuis plus d'un mois, ils ne se saluaient même pas. Pierre-Côme, à la fois maire de la paroisse et garde-chasse, avait plusieurs fois averti Didace de ne pas chasser en temps prohibé. Après l'avoir inutilement menacé de le mettre à l'amende, il brûla son affût. Un chasseur ne peut subir pire affront. Aussi plutôt que de parler le premier à Pierre-Côme, Didace se fût volontiers soumis au supplice. Si Gros-Gras Provençal s'imaginait qu'il allait tout régenter dans le pays...

— Aïe, Didace, c'est-il ta Gaillarde qu'était là tantôt, attelée sur la charrue ?

De son parler bref, Didace répondit :

— En plein elle, ouais. Mais pourquoi que tu veux savoir ça, Gros-Gras ?

— Parce que si c'est ta jument, ben je te dis qu'elle est pas de la tauraille. Que je vienne jamais à faire baptiser : je te l'emprunte pour le compérage !

Il n'en fallait pas plus pour qu'ils redeviennent compère, compagnon. Didace se rengorgea. Mais tandis que l'attelage du voisin s'éloignait au pas, il se dit :

— C'est égal, Provençal m'a parlé le premier. J'ai le trait sur lui. À c't'heure, je chasserai tant que je voudrai.

De son côté Pierre-Côme, bouffi d'orgueil, réfléchissait qu'il s'en était tiré à peu de frais : pour la valeur d'une faible concession, il s'était assuré le vote des Beauchemin et de toute une phalange qui ne jurait que par eux. De nouveau il serait maire aux prochaines élections.

Il se retourna et jeta un lent regard au bien des Beauchemin. De ses petits yeux bridés à la façon du renard en contemplation devant une proie, il en mesura la richesse : vingt-sept arpents, neuf perches, par deux arpents, sept perches, plus ou moins. Les champs gris, uniformes, striés seulement de frais labours, se déroulaient comme un drap de lin tendu de la baie de Lavallière jusqu'au chenal. À la tombée du jour, Pierre-Côme les distinguait à peine. Mais il savait que, dans ce sol alluvial où l'on chercherait vainement un caillou, le sarrasin, le foin, l'avoine lèveraient encore à pleines clôtures pour de nombreuses récoltes.

Sur la terre voisine, de même grandeur, vivaient David Desmarais et sa fille unique, Angélina. Pierre-Côme songea à ses quatre garçons qu'il faudrait établir dans les environs : Un peu rétive, la demoiselle à David Desmarais. Pas commode à fréquenter. Ni belle, de reste. Et passée fleur depuis plusieurs étés déjà. Mais travaillante et ménagère, comme il s'en voit rarement. Quand une fille a du bien clair, net, et des qualités par surplus, pourquoi un garçon regarderait-il tant à la beauté ?

— Vous trouvez pas que le père Didace cherche à refouler ?

À la voix de son fils, Provençal sursauta :

— Quiens ! la peau du cœur doit commencer à lui épaissir. Il a beau s'appeler Beauchemin, il vieillit comme tout le monde !

Mais il se ressaisit. Didace et lui étaient du même âge : il venait d'y penser.

— En tout cas, s'il refoule, c'est sûrement pas de vieillesse. Ça doit être l'occupation qui le fait tasser.

En effet il vit Didace, le dos arrondi, remonter le sentier. Après lui, la terre des Beauchemin ne vivrait guère : Amable-Didace, le fils unique, maladif et sans endurance à l'ouvrage, ne serait jamais un vrai cultivateur.

De nouveau Pierre-Côme Provençal songea à ses garçons, Odilon, Augustin, Vincent, Joinville, tous les quatre robustes, vaillants et forts. Et il sourit d'orgueil.

Avant de remettre le cheval au trot, d'un coup de coude entendu il fouilla joyeusement les côtes d'Odilon :

— Au prochain soir de bonne veillée, faudra que tu retournes voir la grande Angèle à Desmarais. Elle finira ben par se laisser apprivoiser comme les autres.

*
* *

D'un pas pesant Didace se dirigea vers la maison.

Un perron de cinq marches étroites et raides conduisait à la porte d'en avant ; mais personne, ni des voisins, ni même de la meilleure parenté, ne l'utilisait, sauf dans les grandes circonstances : pour un baptême, une noce, la mort ou la visite pastorale du curé de Sainte-Anne-de-Sorel. Et encore, quand l'abbé Lebrun s'arrêtait au Chenal du Moine parler de chasse ou de sujets ordinaires avec le père Didace, il se serait bien gardé d'y passer. Aucune allée ne s'y rendait. Même les hautes herbes, l'été, dérobaient la première marche du perron. Tandis qu'un petit chemin de pied, avenant et tout tracé, menait à la porte d'arrière.

Depuis la mort de Mathilde, sa femme, non seulement Didace recherchait les occasions de s'éloigner de la maison, mais il la fuyait, comme si le sol lui eût brûlé les pieds, comme si les choses familières, jadis hors de prix, à ses yeux, s'y fussent ternies et n'eussent plus porté leur valeur. Sans hâte il racla ses bottes au seuil, tout en jetant un coup d'œil à l'intérieur de la maison. Il pouvait voir une bonne partie de la pièce principale, à la fois cuisine et salle. Les rideaux sans apprêt pendaient comme des loques aux fenêtres et dans les deux chambres du bas, la sienne et celle du jeune couple, les lits de plume, autrefois d'une belle apparence bombée, maintenant mollement secoués, s'affaissaient au milieu.

Faible, et d'un naturel craintif, Alphonsine, malgré sa bonne volonté, ne parvenait pas à donner à la maison cet accent de sécurité et de chaude joie, ce pli d'infaillibilité qui fait d'une demeure l'asile unique contre le reste du monde. On eût dit que, sous la main de la bru, non seulement la maison des Beauchemin ne dégageait plus l'ancienne odeur de cèdre et de propreté, mais qu'elle perdait sa vertu chaleureuse.

En entrant, Didace trouva la table à moitié mise et Phonsine affaissée sur une chaise. Frêle, les épaules et les hanches étroites, avec ses cheveux tressés en deux nattes sur le dos et ainsi abandonnée à elle-même, elle avait l'air d'une petite fille en pénitence. Dès qu'elle aperçut son beau-père, elle s'occupa à entamer le pain. Sentant le regard sévère du maître attaché à ses moindres gestes, elle devint de plus en plus gauche. Soudain la miche et le couteau volèrent sur le plancher. Elle se hâta de tout ramasser mais le sang coulait de son doigt entaillé. Comme elle allait lancer aux poules le quignon rougi, elle dit en riant d'un petit rire nerveux :

— Le pain danse, mon beau-père. C'est signe que les bonnes années s'en viennent.

Mais le vieux lui prit le poignet :

— Le pain, ma fille, se jette pas. Pas même aux poules. On le brûle.

Furieux, Didace se retint de craindre d'en dire trop : les femmes de la famille Beauchemin, depuis l'ancêtre Julie, puis ses tantes, puis sa mère, puis ses sœurs, sa femme ensuite jusqu'à sa fille Marie-Amanda mariée à Ludger Aubuchon, à l'Île de Grâce, de vraies belles pièces de femmes, fortes, les épaules carrées, toujours promptes à porter le fardeau d'une franche épaulée, ne s'essoufflent jamais au défaut de la travée. Elles ont toujours tenu à honneur de donner un coup de main aux hommes quand l'ouvrage commande dans les champs. Et un enfant à faire baptiser presquement à tous les ans. À présent la bru, Alphonsine, une petite Ladouceur, de la Pinière, une orpheline élevée pour ainsi dire à la broche, se mêle de grimacer sur les corvées avec des manières de seigneuresse ? Didace s'indignait : Une femme qui pèse pas le poids. Et sans même un petit dans les bras, après trois années de ménage. »

— Puis, Amable ? questionna-t-il soudain.

Alphonsine sursauta :

— Amable ? Il repose sur le canapé d'en haut. Apparence qu'il est revenu des champs à moitié éreinté.

Didace se mit à fumer. Amable se révélait de la même trempe molle. Aussi longtemps que Mathilde vécut, la vigilance maternelle dressa son rempart entre le père et le fils. Maintenant qu'ils étaient deux hommes face à face à longueur de journée, Didace prenait la juste mesure de son fils. Amable-Didace, le sixième du nom, ne serait jamais un vrai Beauchemin, franc de bras comme de cœur, grand chasseur, gros mangeur, aussi bon à la bataille qu'à la tâche, parfois sans un sou vaillant en poche, mais avec de la fierté à en recéder à toute une paroisse.

Lui, Didace, a fait sa large part pour la famille, d'un amour bourru et muet, mais robuste et jamais démenti. Les bâtiments neufs, solides, de belle venue, qui les a érigés, sinon lui ? La pièce de sarrasin, qui l'a ajoutée à la terre ? C'est encore lui. Deux fois marguillier, puis conseiller, il a eu de l'importance et il a su garder de la considération dans la paroisse. Mais les sacrifices ? À eux deux, Mathilde et Didace ne les ont jamais marchandés. Seulement il y avait le bien à conserver dans l'honneur pour tous ceux qui suivront.

Quand il ne sera plus là, l'homme qui fera valoir le nom des Beauchemin, Didace le cherche, mais il ne le voit pas. L'inquiétude lui venait d'abord sourde, vague, de longue main, difficile à combattre, puis par bouffées, semblable à un mal qu'il avait eu autrefois dans la moelle, un mal mobile, de l'orteil au genou, lui donnant l'envie de décrocher le fusil et de se tirer à la jambe.

Dans le port, les canes criaient, agitées. Une bande de canards sauvages devaient traverser le ciel. Instinctivement Didace regarda le fusil toujours fourbi, toujours chargé, accroché solidement à la première solive du plafond, puis il se rendit à la fenêtre. Mais il ne vit que quelques mauves qui planaient au-dessus du chenal à la recherche d'un rivage propice.

— On voit que la saison de chasse avance : les noirs deviennent de plus en plus farouches. Ils volent haut.

Tout s'estompait dans le jeu des ombres crépusculaires. Éparses parmi les champs nus, les maisons au loin, déparées des atours de la frondaison, prenaient l'allure d'austères paysannes attardées à l'ouvrage.

Amable, un peu voûté, et Beau-Blanc à De-Froi, le journalier, entrèrent en même temps dans la cuisine. Phonsine haussa la mèche de la lampe.

C'est ce soir-là, comme on se mettait à table, que le Survenant heurta à la porte des Beauchemin.

3

AVANT de s'engager dans le sentier oblique conduisant à la maison des Beauchemin, Angélina Desmarais s'arrêta près de la haie vive et chercha son souffle. À marcher seule, elle trouvait la route longue et, au tournant de la montée, le vent embusqué dans les saules l'avait assaillie à la gorge et quasiment jetée par terre.

Angélina avançait lentement. Une légère claudication, reliquat d'une maladie de l'enfance, la faisait incliner vers la gauche plutôt que boiter franchement.

Vigilante et économe, elle usait son linge à la corde et n'employait jamais un sou à des frivolités. « Capable sur tout », disait-on d'elle dans le rang et dans les îles jusqu'à Maska. Un mari y trouverait son profit. Ainsi devaient penser les jeunes gens des environs : une semaine, ce fut l'un, la semaine suivante, un autre, qui attacha son cheval au peuplier proche de la maison de David Desmarais. Puis sautant allégrement du boghei, avant même de dételer, selon que le veut la politesse campagnarde, le cavalier, son cache-poussière enlevé, avait gentiment abordé Angélina pour lui demander la faveur de la veillée. Mais aucun n'avait été agréé. David Desmarais se désolait fort qu'elle restât fille, la trentaine entamée. Il aurait vu d'un bon œil l'avenir d'Angélina assuré par le mariage et, du même coup, comme il prenait de l'âge, le fort des travaux de la terre retomber sur les épaules d'un gendre vigoureux et vaillant.

— Angélina, lui reprochait-il doucement, t'es plus méfiante que l'outarde.

— Faut croire que c'est pas encore le mien ! répondait-elle en manière de consolation.

En face de l'affront, ceux-là mêmes qui eussent fait bon accueil à la terre et au bien, y compris la fille de David Desmarais, se mirent à se moquer entre eux d'Angélina. Mais l'infirme passait, sans un seul regard de ressentiment vers les hardis garçons, pour la bonne raison qu'aucun ne lui disait rien au cœur.

À mesure qu'elle approchait de l'habitation des Beauchemin, le silence et l'immobilité autour du fournil étonnèrent Angélina. À l'idée de trouver ses voisins déjà en hivernement dans le haut-côté, en pleine saison de chasse, quand les quais sont encore en place, la grève revêtue de verveux, d'embarcations diverses, ainsi que de parcs et de cages à canards, elle était mécontente. Pourquoi chauffer la grand'maison quand le fournil suffit amplement aux besoins ?

Anciennement Marie-Amanda et la mère Mathilde, comme la plupart des femmes du Chenal du Moine et du rang de Sainte-Anne, n'auraient jamais songé à s'encabaner avant la Toussaint. La bru Alphonsine n'avait pas raison d'agir autrement. Si le fait de s'écouter, d'être peu dure à son corps, et gestueuse, donne à une femme le droit de déranger l'ordre des choses, autant prendre le deuil de tout. Amable n'était pas homme à le reprocher à sa femme : il se mirait en elle. Pour sa part, Angélina ne moisirait pas auprès d'une telle extravagante : le temps d'emprunter une canette de fil et elle continuerait son chemin.

Angélina ne s'était pas trompée : rien ne bougeait à l'intérieur du fournil. Un peu de fumée tantôt dérobée à la vue s'effilochait autour de la cheminée de la grand'maison. Elle vira de bord, ses jupes bien en main pour se garantir contre une nouvelle bourrasque. Le vent, un vent d'octobre, félin et sournois, qui tantôt faisait le mort, comme muet, l'œil clos, griffes rentrées, allongé mollement au ras des joncs secs, et insoucieux de rider même d'un pli la surface de l'eau, maintenant grimpé au faîte des branches, secouait les arbres à les déraciner. En deux bonds il fonça sur la route, souleva la poussière à pleine rafale, entraîna les feuilles sèches dans une danse folle et poussa même, hors de son chemin, un passant. Puis il harcela la rivière qui écumait, moutonneuse, et colla les embarcations à la grève, ébranla les toits des vieux bâtiments, ouvrit les portes à deux battants et courut aux champs coucher un dernier regain : un vent du diable, hurlant à la mort. Il fit rouler un bidon jusqu'au bas du talus.

Au vacarme, Didace accourut au dehors, Z'Yeux-ronds grondant à ses côtés. Étonné de trouver là Angélina il s'exclama, joyeux :

— Tu manges une claque de vent, hé, fille ?

— Vous autres même, répondit sèchement l'infirme, le frette vous fera pas grand dommage cet automne, d'après ce que je peux voir.

Dès le seuil de la porte, elle allait dire sa façon de penser à Alphonsine, mais à la vue du Survenant qu'elle ne connaissait pas, elle s'arrêta, saisie. Après l'échange de quelques phrases, elle s'absorba en silence à regarder Alphonsine préparer des tartes. Elle fatiguait de voir la jeune femme ajouter sans cesse de la fleur de farine à la pâte trop flasque et se reprendre à la rouler.

Quoique fort ménagère, de son naturel, Angélina pouvait admettre la folle dépense, une sorte de générosité consentie envers soi ou les autres. Mais le moindre gaspillage, autant du butin d'autrui que du sien, la portait à l'indignation : le bien perdu en pure perte, soit la perche de clôture inclinée inutilement sur la route, soit l'outil à la traîne dans les champs, soit le beurre par larges mottons sur le pain, tout ce qui se consumait pour rien la révoltait comme si elle en eût été frustrée dans sa personne même.

Perché sur un tabouret, l'étranger essayait patiemment de passer un bout de gros fil dans le chas d'une aiguille fine. Angélina, prise de pitié subite pour l'homme à la merci d'une besogne de femme, demanda timidement :

— Je peux-ti vous faire la charité de vous aider ?

— Je vous en prie, Survenant, s'indigna Phonsine, honteuse, en secouant sur son tablier ses mains poudrées de farine, donnez-moi ce vêtement-là que j'y repose un bouton.

Mais le Survenant ne voulut rien entendre, ni de l'une, ni de l'autre. Par bravade, guignant du côté d'Angélina qui ne le quittait pas des yeux, il ramassa un clou sur le plancher et en attacha sa chemise. Puis il se rendit à l'évier. Ne trouvant pas le gobelet d'étain à sa place habituelle, il ouvrit l'armoire et prit la première tasse du bord, sur une tablette élevée.

Alphonsine leva la vue et l'aperçut qui buvait dans sa tasse. D'un bond elle fut vers lui, cherchant à la lui arracher presque de la bouche :

— Ma tasse ! c'est ma tasse que vous avez là !

Plus vif qu'elle et taquin, Venant haussa la tasse jusqu'au bout de son bras.

La jeune femme pâlit :

— Vous allez la casser ! C'est pas franc !

Bien que la tasse n'eût rien d'extraordinaire, Alphonsine y attachait un grand prix. Un soir de kermesse, à Sorel, elle avait reconnu une ancienne compagne de classe, nouvellement mariée à un médecin de Saint-Ours. Aussi désireuse de se montrer au bras d'Amable que de renouveler connaissance avec cette amie du couvent, elle adressa à celle-ci des signes de joie. Mais l'autre, feignant de n'en rien savoir, occupée seulement à retenir son boa d'autruche en sautoir, se détourna d'elle comme d'une inconnue, pour reporter toute son attention sur une tasse et une carafe mises en loterie. Humiliée, Alphonsine s'était empressée d'acheter le reste des billets. À son fier contentement, le lot lui avait échu.

Devant l'indignation de Phonsine, le Survenant lui rendit la tasse, à grands éclats de rire :

— Pour ben faire, faudrait toucher à rien dans cette maison icitte : le père a son fauteuil, le garçon sa berçante, et v'là que la petite mère a sa tasse...

Le rire de l'étranger carillonna comme des grelots aux oreilles d'Angélina.

— Il est pas de rien, dit le père Beauchemin, amusé malgré lui, en faisant signe au Survenant de le suivre.

Sitôt les deux hommes au dehors, Angélina questionna, encore plus du regard que des lèvres :

— Qui, l'homme ?

La jeune femme haussa les épaules, moitié de dédain, moitié d'indifférence :

— Rien qu'un survenant.

— Pour quelques jours en passant ?

— Par malheur, non. Apparence qu'il va hiverner icitte.

L'infirme rougit. Elle ne comprit rien à la joie qui lui venait d'une semblable nouvelle.

Alphonsine poursuivit :

— Je comprends pas mon beau-père d'endurer une pareille ramassure des routes, un gars qui peut même pas dire son nom.

— Tu l'aimes pas, Phonsine ?

Alphonsine, confuse, hésita, puis dit :

— Je le hais pas, mais c'est plus fort que moi : les oiseaux de passage toujours parés à repartir au vol me disent rien de bon. Sais-tu à quoi celui-là me fait penser ?

— Ben non...

— Au plongeux à grosse tête, l'oiseau dépareillé que mon beau-père a tué l'automne passé. À le voir, on s'imaginait qu'il serait mer et monde à manger : ben aimable à regarder, quant à ça, oui ; ben gouffe, mais tout en plumes et rien en chair. Lui est pareil. Un fend-le-vent s'il y en a un. Connaît tout. A tout vu.

— Est-il d'avance à l'ouvrage ? demanda Angélina, vivement intéressée.

— Des journées il est pas à-main en rien. D'autres fois, quand il est d'équerre, le sorcier l'emporte et il peut faire mourir quatre bons hommes rien que d'une bourrée. Avant-hier...

L'avant-veille, le Survenant s'était mesuré avec Didace et Amable à l'encavement des pommes de terre. À genoux sur la charge, arc-bouté et les épaules écartées, il levait les sacs à bout de bras et les passait agilement au père Didace. Le vieux, les gestes moins vifs, les donnait à Amable, au guet, la tête dans le soupirail pour les placer dans le port. Sans vaillance à l'ouvrage, Amable, verdâtre de fatigue, essuyait sur sa manche le sang qui lui coulait du nez. À tout moment, il réclamait de Venant quelque service, un gobelet d'eau, un outil, ou s'informait de l'heure, afin d'obtenir un répit. Le père Didace le surveillait :

— Le flanc-mou ! Va-t-il encore s'éreinter, quoi !

Mais lui-même dut à plusieurs reprises marquer le signal d'un arrêt, sous le pétexte d'allumer sa pipe à l'abri du vent, à la vérité pour reprendre son souffle. Vers la fin de l'après-midi, désarmé et fourbu, il avoua comme à regret sa défaite au Survenant :

— J'aurais aimé ça, mon jeune, qu'on vinssît se baucher sur l'ouvrage, nous deux, y a une trentaine d'années.

— Trente ans ? La vie d'un homme ! Vous y allez pas à petits frais. Aurait fallu juste ça pour me battre : j'étais encore dans le ber.

Pendant une brève absence du Survenant, Alphonsine, dans l'espoir mi-conscient de recevoir une réponse incriminante pour l'étranger, avait couru s'enquérir auprès de son beau-père :

— Quelle sorte de journée, le Survenant ?

Didace Beauchemin, qui n'admirait rien autant que la force chez un homme, avait admis comme en y réfléchissant :

— C'est un homme qui se vire ben vite et qui peut se virer vite longtemps.

Même il avait ajouté, de l'amitié plein la voix :

— Ce bougre-là m'a presquement fait attraper un effort.

Le même soir, tandis que les deux Beauchemin ne demandaient qu'à se faire piloter les reins, tellement ils étaient restés de fatigue, le Survenant avait passé la porte et, par besoin de se délasser les jambes, entrepris d'un pas les deux lieues qui séparent le Chenal du Moine, de Sorel.

— Toute une trotte ! admit Angélina.

— Regarde-le travailler, si tu veux te faire une idée de lui.

Non loin de la remise les trois hommes débitaient le bois de chauffage. De chaque côté du chevalet, Amable et Didace sciaient au godendard, mais le père et le fils n'étaient pas d'adon

25

à l'ouvrage. Incapables d'embrayer leurs mouvements, les Beauchemin ne suffisaient pas à fournir au Survenant les bûches que, d'un bras plein d'ardeur, il fendait à la hache et faisait voler rapidement par quartiers.

Avant même que Didace parlât, à un simple regard d'impatience, Venant comprit et alla prendre la relève :

— Ho ! là ! cède-moi ta place, Amable. Faut débâcler ce tas de bois-là avant l'heure du midi.

D'un commun accord, Didace et Venant ajustèrent la scie. Les dents d'acier entamèrent la plane. Angélina ne vit plus dans le vent que deux hommes soumis à un même rythme, bercés par un ample balancement.

Quand Venant se redressa, immobile et bien découpé à la clarté du grand jour, Angélina trouva qu'il avait bonne mine. À la fois sec et robuste de charpente, droit et portant haut la tête, pareil à un chêne, il avait ce bel équilibre de l'homme sain, dans toute la force de l'âge. Ses yeux gris-bleu, gais à l'ordinaire, avaient un reflet de tristesse au repos ; son front étroit et expressif s'agitait à la moindre parole ; sa chevelure rebelle et frisée dru, d'un roux flamboyant, descendait dans le cou. En l'apercevant tantôt, elle avait songé : « C'est pire qu'un feu de forêt. » Et quand il s'était penché pour ramasser un clou, elle avait vu à la naissance de la nuque une éclaircie de peau blanche, trop blanche pour un homme, une peau fine, il lui semblait.

Mécontente de se laisser ainsi subjuguer par l'image d'un passant, elle s'entêta à lui trouver des défauts : son nez aux ailes nerveuses était large et à la fois busqué ; son menton, court, taillé en biseau, on dirait ; mais sa bouche, aux lèvres charnues, bien dessinées, d'où le rire s'échappait en cascades comme l'eau impatiente d'une source, sa bouche était belle, en toute franchise elle l'admit. Ce grand rire !... Elle l'entendait encore. Il faisait lever en elle toute une volée d'émoi. Le grand rire clair résonnait de partout, aussi sonore que la Pèlerine, la cloche de Sainte-Anne-de-Sorel quand le temps est écho.

Angélina ne se reconnaissait plus : ses tempes battaient, dans une montée de sang, ainsi que sous les coups de deux mains acharnées. En se retournant, elle vit Alphonsine, le front collé à la vitre, les yeux pleins de rêve, qui regardait dans la direction du Survenant. Le parler soudainement agressif, Angélina lui demanda :

— De quoi c'est que t'as à te plaindre de lui s'il est si bon travaillant ? Est-il malcommode ? Ou ben dur d'entretien ?

Alphonsine hocha la tête en signe de dénégation :

— Il s'est donné juste pour sa nourriture et son tabac. Faut dire qu'il mange comme un défoncé. Mais c'est pas encore ça...

Mystérieusement elle alla d'une fenêtre à l'autre, puis à la porte, surveiller les alentours et s'assurer que personne n'écoutait. Puis elle revint tout proche d'Angélina et resta un long moment, soucieuse, avant de porter d'une voix basse, grave et inquiète, la condamnation du Survenant :

— Il boit !

Un mur de silence descendit entre les deux femmes, occupées chacune à suivre le fil de ses pensées. Encore plus qu'un objet d'horreur pour Alphonsine l'alcool était une menace, une malédiction sur la maison. N'avait-on pas connu des cultivateurs auparavant rangés qui, pour s'être adonnés à la passion de la boisson forte, avaient bu leur maison, leur terre, même du bien de mineurs « qui ne se perd pas » ?

Sûrement Angélina désapprouvait qui que ce soit de s'enivrer. Comment ne trouvait-elle pas un mot de blâme pour l'étranger ? Loin de là, comme déjà liée au Survenant par quelque pacte d'amitié, elle en voulait à Alphonsine de lui avoir révélé un secret qu'elle aurait connu assez tôt.

— L'as-tu vu en fête pour dire pareille chose ?

De nouveau à la tâche, Phonsine faisait pivoter la tarte qu'elle dentelait de ses doigts malhabiles, avec une application enfantine :

— Pas encore, mais il nous fait l'effet de boire. Amable pense qu'un homme vif et toujours sur les nerfs, qui se darde à l'ouvrage de même, c'est pas naturel : il doit avoir quelque passion.

Elle conclut lentement :

— Ben de la voile ! Ben de la voile ! mais pas de gouvernail !

D'un geste brusque, Angélina fut debout, prête au départ.

— Prends vent, je t'en prie, supplia Alphonsine pour qui la compagnie des femmes du voisinage était un régal. Tu goûteras à mes tartes tantôt.

Angélina remercia à peine. Même elle se défendit :

— Tu sais pourtant que je suis pas affolée de tes tartes !

Étonnée, Alphonsine répondit :

— Pourtant le Survenant en mange toujours deux, trois pointes !

Mais afin de ne pas quitter sa voisine sur une parole sèche, l'infirme se reprit :

— Je suis fière de vous savoir aussi avancés dans vos travaux d'automne.

Alphonsine abandonna la pâte. Sa figure s'épanouit. Ses mains, blanches de farine, nouées dans la lumière vive dont le soleil ourlait un panneau de la table, elle se rasséréna comme l'oiseau, la tête blottie sous l'aile maternelle, dans la simple joie de la sécurité :

— On a déjà quasiment tout notre hivernement. Pour dire la vérité, depuis son arrivée, le Survenant a fait donner une vraie bourrée à mes hommes...

Le regard perdu dans le firmament pommelé vers le nord, au défi des bourrasques de vent, des coups d'eau, des bordées de neige et des tempêtes de poudrerie, elle énuméra joyeusement les ressources de la maison :

— Tout notre hivernement : notre bois, tu le vois, de la plane des îles, de belle grosseur ; la fleur de sarrasin, on en parle pas, on est à même. Nos pois cuisent en le disant sans l'aide d'une goutte d'eau de Pâques. Nos patates fleurissent, une vraie bénédiction. Notre beurre de beurrerie s'en vient. On a tout ce qu'il nous faut. Il nous restera plus qu'à faire boucherie et à saler le jeune lard, à la première grosse gelée après la Notre-Dame.

4

LE Survenant resta au Chenal du Moine. Amable et Alphonsine eurent beau être vilains avec lui, il ne s'offensa ni de leurs regards de méfiance, ni de leurs remarques mesquines. Mais la première fois que le père Didace fit allusion à la rareté de l'ouvrage, Venant lâcha net la faux qu'il était en train d'affûter pour nettoyer de ses joncs une nouvelle mare de chasse. Ses grands bras battant l'air comme pour s'ouvrir un ravage parmi des branchages touffus, il bondit en face du chef de la famille.

Là, ainsi que l'habile artisan, au bon moment, sait choisir la planche de pin et, d'une main sans défaillance, y tailler un gabarit parfait, il sut que son heure était venue de parler franchement ou bien de repartir :

— Écoutez, le père Beauchemin, vous et vos semblables. Prenez-moi pas pour un larron ou pour un scélérat des grands bois. Je suis ni un tueur, ni un voleur. Et encore moins un tricheur. Partout où c'est que je passe, j'ai coutume de gagner mon sel, puis le beurre pour mettre dedans. Je vous ai offert de me garder moyennant asile et nourriture. Si vous avez pas satisfaction, dites-le : la route est proche. De mon bord, si j'aime pas l'ordinaire, pas même le temps de changer de hardes et je pars.

Cette façon droite de parler, ce langage de batailleur plurent à Didace. Cependant, il ne voulut rien en laisser voir. Il se contenta de répondre carrément :

— Reste le temps qu'il faudra !

Venant vint sur le point d'ajouter :

— En fait de marché, vous avez déjà connu pire, hé, le père ?

Cependant il se retint à temps : le déploiement d'une trop grande vaillance, une fois la bataille gagnée, est peine perdue.

Ainsi il serait un de la maison. Longuement il examina la demeure des Beauchemin. Trapue, massive, et blanchie au lait de chaux, sous son toit noir en déclive douce, elle reposait, avec le fournil collé à elle, sur un monticule, à peine une butte, au cœur d'une touffe de liards. Un peu à l'écart en contrebas se dressaient les bâtiments : au premier rang deux granges neuves qu'on avait érigées l'année précédente, énormes et imposantes, disposées en équerre, la plus avancée portant au faîte, en chiffres d'étain, la date de leur élévation : 1908. Puis, refoulé à l'arrière, l'entassement des anciennes dépendances recouvertes de chaumes : remise, tasserie, appentis encore utilisables, mais au bois pourri faiblissant de partout.

Elle ressemblait à une maison par lui aperçue en rêve autrefois : une maison assise au bord d'une route allant mourir au bois, avec une belle rivière à ses pieds. Il y resterait le temps qu'il faudrait : un mois ? Deux mois ? Six mois ? Insoucieux de l'avenir, il haussa les épaules et ramassa la pierre et l'outil. Puis, d'un pouce lent, sensible, humide de salive, ayant pris connaissance du taillant, il continua tranquillement à affûter la faux.

— Arrivez vite, Survenant, le manger est dressé.

Comme il s'avançait vers la maison, Alphonsine lui reprocha :

— Traînez donc pas toujours de l'aile de même après les autres.

Alphonsine se mettait en peine d'un rien. Le plus léger dérangement dans la besogne routinière la bouleversait pour le reste de la journée. De plus, de faible appétit, d'avoir à préparer l'ordinaire, depuis la mort de sa belle-mère, surtout la viande que Didace voulait fortement relevée d'épices, d'ail et de gros sel, lui était tous les jours une nouvelle pénitence. Nul supplice cependant n'égalait pour elle celui de voir à chaque repas la nourriture soumise au jugement du Survenant. Ah ! jamais un mot de reproche et jamais un mot de louange, mais une manière haïssable de repousser l'assiette, comme un fils de seigneur, lui qui n'était pas même de la paroisse. Et cette fantaisie qu'il avait de l'appeler la petite mère...

Le Survenant prit place sur un banc de côté, goûta au bouilli, fit une légère moue et dit :

— Je cherche à me rappeler où j'ai mangé du si bon bouilli, à m'en rendre malade...

D'ordinaire silencieux à table, il ne finissait plus de parler, comme par simple besoin d'entendre le son de sa voix :

— Si je pouvais me rappeler...

Il cherchait. Il repassait place après place. Il cherchait encore, dans le vaste monde, nommant aux Beauchemin des villes, des pays aux noms étrangers qui leur étaient entièrement indifférents : le Chenal du Moine leur suffisait. Il chercha en vain. Au bout d'un instant, de sa voix basse et égale, il reprit :

— Je vous ai-ti parlé d'un couque que j'ai connu dans un chantier du Maine ? Il avait le secret des crêpes et des galettes

32

de sarrasin comme pas une créature est capable d'en délayer. Elles fondaient dans la bouche. Seulement on n'avait pas l'agrément d'en parler à table parce qu'il fallait garder le silence.

Alphonsine, vexée, pensa à lui demander :

— C'est-il là, fend-le-vent, que t'as fait ton apprentissage pour si ben savoir retenir ta langue ?

Mais la présence de son beau-père la gêna.

Incapable de se taire, le Survenant demanda encore :

— Avez-vous déjà mangé des fèves au lard avec une perdrix ou deux au milieu du pot ? Ç'a goût d'amande. Y a rien de meilleur. Ça ramènerait un mort.

Didace l'arrêta :

— Aïe ! La perdrix vaut rien en tout. Parle-moi du canard noir : au moins la chair est franche et la volaille d'eau repose l'estomac. Mais de la perdrix ? Pouah !

— En avez-vous déjà mangé d'abord ?

— C't'histoire ! Un chasseur nous en a laissé une couple, il y a quelque temps. Phonsine les a envoyées dans le chaudron à soupe pour leur faire jeter un bouillon. C'était méchant, le yâble !

Le Survenant arrêta de manger pour regarder Alphonsine.

— De la soupe à la perdrix ! Là vous avez commis un vrai péché, la petite mère, de gaspiller du bon manger de même ! La perdrix, on la mange aux choux avec des épices et des graines de Manille, mais jamais en soupe. Ou encore, comme je l'ai mangée en Abitibi. Le couque prenait une perdrix toute ronde, moins les plumats. Il la couvrait de glaise et la mettait à cuire de même dans les cendres vives, sous terre. Quand elle est à point, il se forme tout autour une croûte qu'on casse pour prendre juste la belle chair ferme.

Phonsine se retint de frissonner. Indifférente en apparence, la figure fermée, elle écoutait le récit de ce qu'elle prenait pour de pures vantardises. Croyant la faire sourire, le Survenant, après avoir mangé trois fois de viande, repoussa son assiette et demanda à la ronde :

— Vous trouvez pas que le bouilli a goût de suif ?

Le visage de la jeune femme flamba. La plaisanterie n'était pas de saison : Venant le vit bien.

Didace se leva de table et sortit. Z'Yeux-ronds, toujours en jeu, sauta au milieu de la place pour le suivre. D'un coup de pied, Amable envoya le chien s'arrondir dans le coin.

— Où c'est que vous avez eu ce chien-là ? demanda le Survenant.

— As-tu envie de dire qu'on te l'a volé ? répliqua Amable, malendurant.

Deux ans auparavant, Z'Yeux-ronds, un chien errant, ras poil, l'œil toujours étonné, avait suivi la voiture des Beauchemin, jusqu'au Chenal. Une oreille arrachée et le corps zébré de coups, il portait les marques d'un bon chien batailleur.

— Il est maigre raide, avait dit Didace, en dépit des protestations d'Amable, on va y donner une petite chance de se remplumer.

Amable conclut méchamment :

— Si tu veux le savoir, c'est un autre survenant.

— Survenant, survenant, remarqua Venant, vous avez toujours ce mot-là à la bouche. Dites-moi une fois pour toutes ce que vous entendez par là.

Amable hésita :

— Un survenant, si tu veux le savoir, c'est quelqu'un qui s'arrête à une maison où il est pas invité... et qui se décide pas à en repartir.

— Je vois pas de déshonneur là-dedans.

— Dans ce pays icitte, on est pas prêt à dire qu'il y a de l'honneur à ça non plus.

Le Survenant éclata de rire et sortit avec Z'Yeux-ronds à ses trousses. Amable, les regardant aller, dit à sa femme : Ils font la belle paire, tu trouves pas ?

À l'heure du souper, le Survenant, sans même lever la vue, vit Alphonsine ajouter à la dérobée deux ou trois œufs à la pâte à crêpe afin de la rendre plus légère. Et le lendemain matin encore endormie et un peu rageuse de ne plus pouvoir traîner au lit, comme avant l'arrivée du Survenant, et d'avoir à préparer le déjeuner de trois hommes, elle promena sur les ronds de poêle fumants une couenne de lard avant d'y étendre à dos de cuiller la galette de sarrasin grise et pivelée, aux cent yeux vite ouverts par la chaleur.

Au milieu de l'après-midi, Phonsine, croyant les hommes aux champs, sortit une pointe de velours à sachets et s'amusa à la faire chatoyer, tout en rêvassant.

De son bref séjour au couvent où en échange de légers services on l'accepta parmi les élèves qu'elle servait à table, elle gardait la nostalgie des fins ouvrages. Passer de longues soirées dans un boudoir, sous la lampe, à l'exemple de jeunes Soreloises, à travailler la mignardise, la frivolité ou à tirer l'aiguille à petits points, lui avait paru longtemps la plus enviable destinée. Parfois elle sortait de leur cachette de délicates retailles de satin pâle et de velours flamme, pour le seul plaisir de les revoir de près et de les sentir douces au toucher.

Autrefois, à imaginer les porte-balais, les pelotes à épingles et tous les beaux objets qu'elle pourrait façonner de ses mains et enfouir au fond d'un tiroir dans du papier de soie, une nostalgie gagnait Alphonsine à la pensée qu'elle était plutôt faite pour porter de la dentelle et de la soie que pour servir les autres. Son entrée dans la famille Beauchemin lui conféra un tel sentiment de sécurité que, s'il lui arrivait encore de frissonner en ravaudant les rudes hardes des hommes, elle s'interdisait des pensées frivoles de la sorte. Du reste elle n'aurait plus le temps de coudre ainsi. Ni l'habileté. Et la raideur de ses doigts l'en eût empêchée.

Perdue dans sa rêverie, Phonsine n'avait pas entendu des pas sur les marches du perron. Venant apportait le bois dans le bûcher. Depuis son arrivée, du bois fin et des éclats pour les feux vifs, du bois de marée pour les feux de durée, il y en avait toujours. Il veillait à emplir franchement la boîte à bois, sans les détours d'Amable qui réussissait, en y jetant une couple de brassées pêle-mêle, à la faire paraître comble.

Alphonsine n'eut pas le temps de soustraire à sa vue la pointe de velours rouge. Il ne dit pas un mot mais quelques jours plus tard, comme elle allait le gronder d'entrer les pieds gros de terre, dans la cuisine, il lui tendit une brassée de foin d'odeur, en disant :

— Tenez, la petite mère. Ça fera de la superbe de bonne bourrure pour vos petits ouvrages.

Peu habituée à la prévenance, Alphonsine s'en étonna d'autant plus. Inconsciemment elle s'en trouva flattée. Parlait-il donc au diable, l'étranger, pour deviner ainsi ce qui se passait jusque dans l'esprit des gens ? Elle l'aurait cru aisément si, un jour, elle n'avait vu tomber du mackinaw du Survenant une petite croix noire à laquelle un christ d'étain, usé aux entournures, ne pendait plus que par une main.

5

DIDACE ne cherchait plus à s'éloigner de la maison. Tous les soirs, depuis l'arrivée de Venant, la cuisine s'emplissait. De l'un à l'autre ils finirent par y former une jolie assemblée. Ce fut d'abord Jacob Salvail qui entra en passant, avec sa fille Bernadette. Puis vinrent les trois fils à De-Froi. Bientôt on vit arriver la maîtresse d'école Rose-de-Lima Bibeau entraînant à sa suite deux des quatre demoiselles Provençal. Et tous les autres du voisinage firent en sorte d'y aller à leur tour. Curieux d'entendre ce que le Survenant pouvait raconter du vaste monde, les gens du Chenal accouraient chez les Beauchemin. Pour eux, sauf quelques navigateurs, le pays tenait tout entier entre Sorel, les deux villages du nord, Yamachiche et Maskinongé, puis le lac Saint-Pierre et la baie de Lavallière et Yamaska, à la limite de leurs terres.

Sans même attendre l'invitation, chacun prenait place sur le banc de table ou sur une chaise droite. Outre le fauteuil du chef de famille et la chaise berçante d'Amable sur lesquels nul n'osait s'asseoir, il y avait une dizaine de chaises, droites et basses, les plus anciennes taillées au couteau, à fond de babiche tressée et au dossier faiblement affaissé par l'usage ; les autres cannées d'éclisses de frêne ; toutes adossées au mur.

Bon compagnon et volontiers causeur avec les hommes, Venant se montrait distant envers les femmes. Quand il ne se moquait pas de leur inutilité dans le monde, il les ignorait. Des quatre demoiselles Provençal, il eût été fort en peine de dire laquelle était Catherine, Lisabel, Marie ou Geneviève. Deux fois dans la même semaine, il avait commis la gaucherie de confondre Bernadette Salvail, dont la réputation de beauté s'étendait au delà de la Grand'Rivière, et la petite maîtresse d'école, d'une laideur de pichou, laideur que la nature, par caprice, s'était plu à accentuer en la couronnant d'une somptueuse chevelure noir-bleu.

Parmi ceux qui veillaient ainsi, chaque soir, chez les Beauchemin, se trouvait Joinville, le plus jeune des quatre Provençal, et le plus émoustillé. Aussi Pierre-Côme crut-il sage de l'y accompagner. Figé, secret comme le hibou, le maire de la paroisse s'asseyait loin de la lampe, dans un recoin d'ombre, soucieux de dérober sur ses traits la moindre expression. Au retour il s'efforçait de détruire dans l'esprit de son garçon l'effet des paroles malfaisantes du Survenant :

— Ouais ! il dit que c'est ben beau par là. Mais on en a pas vu le reçu sur la table. Un du Chenal irait et il serait peut-être ben trop fier de s'en revenir par icitte.

Comme son fils ne disait rien, il renchérissait :

— Méfie-toi de lui : c'est un sauvage.

Joinville protesta :

— Il est pourtant blond en plein. Quoi c'est qui vous fait dire ça ?

— Rien qu'à son parler, ça se voit. Il parle tout bas, quand il se surveille pas. Puis il sourit jamais. Un sauvage sourit pas. Il rit ou ben il a la face comme une maison de pierre.

— J'ai pas remarqué.

— Tu l'as donc pas regardé comme il faut ? T'aurais vu qu'il a le regard d'un ingrat. À la place de Didace, je le garderais pas une journée de plus. Il a beau être blond...

Un soir, Angélina Desmarais se joignit à la compagnie. Un teint cireux et une allure efflanquée la faisaient ressembler à un cierge rangé dans la commode depuis des années. Sans cesse ses cheveux morts s'échappaient du peigne par longues mèches sur la nuque. Seuls ses yeux vifs et noirs, brillants comme deux étoiles, vivaient sous le front bombé.

Elle arriva, misérable et si confuse qu'elle chercha la clenche du mauvais côté de la porte. Amable, par esprit de taquinerie, lui dit :

— T'auras pas le garçon de la maison.

— Je tente pas dessus non plus : je fais rien que rapporter la canette de fil que j'ai empruntée à Phonsine.

Aussitôt les garçons entreprirent de la faire rougir :

— Quiens ! Est-il possible ? V'la la belle Angélina qui est moins farouche à présent !

— C'est pourtant Dieu vrai qu'elle est belle comme un cœur, à soir.

— Elle vous a les joues comme deux pommes fameuses !

— T'es-tu lavée au savon d'odeur ? Tu sens le géranium à plein nez et t'as le visage reluisant, pire qu'un soleil.

D'un signe, Didace leur rabattit le caquet.

Les soirs suivants, elle se morfondit à inventer des raisons à peine plausibles. À la fin, sans même ouvrir la bouche, elle encadra dans la porte sa maigre figure atournée d'une chape brunâtre. De son marcher déhanché, elle se rendait jusqu'à la chaise la plus rapprochée et, pour ne rien perdre des paroles du

Survenant, elle répondait du bout des lèvres aux discours des femmes.

*
* *

Levée avec le jour, Angélina travaillait durement. Orpheline de mère depuis près de quinze ans, dès le début elle avait fait preuve vis-à-vis la maison à sa seule charge de ce tour de main que des personnes dans la force de l'âge ne parviennent pas à acquérir : elle savait prendre naturellement l'ouvrage dans le droit sens. Sa vie à la veillée ne variait que selon deux saisons : tant que duraient les beaux jours, elle regardait, les mains jointes, couler l'eau de la rivière et les oiseaux passer ; vers la fin de l'automne et à l'hiver, elle se reposait à la tranquillité, assise, immobile dans l'ombre, à prier ou occupée seulement à suivre le reflet de la flamme en danse folle sur le plancher.

Bien qu'elle aimât à lire, elle ne l'aurait jamais osé un jour de semaine, la lecture étant dans son idée une occupation purement dominicale, et trop noble aussi pour s'y adonner en habits de travail.

Toutefois le dimanche après-midi, revêtue de sa bonne robe sur laquelle elle passait un tablier blanc, frais lavé, fleurant encore le grand air et le vent, là elle pouvait sortir ses livres. À la vérité elle n'en possédait que deux : son missel et un prix de classe : *Geneviève de Brabant*. Elle alternait, lisant dans l'un, un dimanche, et le dimanche suivant, dans l'autre, sans jamais déroger.

Même seule elle lisait à haute voix, afin de se mieux pénétrer du sujet. L'histoire de la modeste Geneviève, au milieu des loups dans la forêt, se nourrissant uniquement de racines, avec son fils, Dolor, — pauvre petit saint-jean-baptiste vêtu de peau de bête — lui tirait des larmes. Quelquefois, à la lecture, son esprit pratique reprenait le dessus et livrait un dur combat à son penchant à la poésie. Mais, la plupart du temps, ce dernier l'emportait. N'était-ce pas présomption de sa part et quasiment péché de douter de ce qui était écrit dans un si beau livre de récompense, doré sur tranche ?

Dans son missel, quelques images saintes marquaient des places. Il y avait aussi sur des cartes mortuaires cinq ou six portraits de parents éloignés, du côté maternel. Angélina ne les connaissait pas. Parfois, par respect pour la mémoire de sa mère, elle leur jetait un coup d'œil avant de les englober dans la prière pour les parents défunts. Ils ne lui disaient rien dans leur raideur et le même photographe avait dû leur imposer un port de tête identique. On les eût dits découpés dans l'almanach de la mère Seigel, sorte de panacée contre toute douleur, grande ou petite, morale ou physique.

Elle ouvrait le missel à la première page sous ses yeux et lisait aussi bien la messe d'un abbé que le commun des docteurs ou le propre du temps. Aux passages mystiques « couronne de vie », « enfants de la lumière », « le juste fleurira comme le palmier », « doux hôte de l'âme », elle s'arrêtait, saisie, plus attentive à la musique qu'au sens des mots. Sûrement Dieu l'appelait à Son service. Comment expliquer autrement l'éblouissement intérieur· qui la gagnait ? Sœur enseignante, elle ne pourrait jamais l'être, oh ! non ! mais sacristine ? Elle, habituée aux durs travaux, se regarda avec complaisance repasser les fines dentelles des aubes, glacer la toile de la nappe d'autel. Elle se vit pomponner l'Enfant Jésus pour la crèche de Noël et, ses larges manches relevées parer le maître-autel, dans un arôme de cire d'abeille. Tant qu'elle aurait un souffle de vie, Dieu et Ses saints ne manqueraient jamais de fleurs sur les autels, aux grandes fêtes de l'Église. De ces fleurs en pots auxquelles les catalogues de grainages donnent des noms latins qui confèrent, même aux plantes les plus ordinaires, une sorte de distinction, il y en aurait partout.

Vint le jour où elle fit exprès un voyage au presbytère pour parler de sa vocation avec le curé de Sainte-Anne. L'abbé Lebrun hésita à encourager Angélina : il la trouvait débile et bien jeune. Puis son infirmité lui serait un obstacle. Il l'engagea à prier et à attendre quelques années : une bonne enfant ne doit-elle pas en premier lieu assister son père, seul et dans le besoin ?

David Desmarais resta veuf. À mesure que le temps passa, Angélina refoula son rêve et reporta sur les fleurs une partie de sa dévotion. Dès que la terre se réchauffait, on pouvait voir l'infirme agenouillée auprès des plates-bandes, ou penchée au-dessus des corbeilles, à transplanter des pots en pleine terre les boutures ou les plants. Lobélies, soucis-de-vieux-garçons, bégonias, crêtes-de-coq, œillets-de-poète recevaient de ses mains les soins les plus tendres. Ses doigts nus et sensibles, à tout moment, volaient de l'une à l'autre, devinant les tendrons maladifs, les feuilles sans vie, pressant la terre autour, comme si elle eût reçu la mission de les faire grandir. Sources de joie, les fleurs lui étaient aussi motifs de fierté et d'orgueil : à l'exposition régionale, elles lui valaient toujours quelques mentions honorables et plusieurs premiers prix. De plus, les grainages au détail rapportaient de l'argent.

Depuis qu'Angélina avait fait la connaissance du Survenant, elle ne restait plus assise, immobile, à la veillée ; elle errait d'une fenêtre à l'autre. Ou bien elle écoutait, le cœur serré, l'horloge égrener ses minutes dans le silence opaque. À intervalles réguliers, une goutte d'eau tombait de la pompe, et à la longue le toc-toc monotone devenait plus affolant que le fracas du tonnerre. Parfois, David Desmarais, la pipe au bec, élevait la voix :

— Écoute donc, fille !

Il reconnaissait de loin la pétarade d'un yacht :

— Quiens ! Cournoyer revient de vendre à Sorel le poisson de ses pêches !

Angélina sursautait. Elle répondait machinalement :

— Je sais pas s'il en a eu un bon prix.

La chute des minutes et de la goutte d'eau reprenait de plus belle. Angélina n'y tenait plus. D'un mouvement décidé, elle décrochait sa chape et, avant de s'acheminer vers la maison de Didace, sur le seuil elle jetait à son père :

— Je veillerai pas tard.

David Desmarais ne bougeait même pas, soit qu'il ignorât de quel tourment était possédée sa fille, soit que, sans vouloir l'admettre, il vît d'un bon œil Angélina s'attacher à un gaillard de la trempe du Survenant.

Aux yeux d'Angélina, le Survenant exprimait le jour et la nuit : l'homme des routes se montrait un bon travaillant capable de chaude amitié pour la terre ; l'être insoucieux, sans famille et sans but, se révélait un habile artisan de cinq ou six métiers. La première fois qu'Angélina sentit son cœur battre pour lui, elle qui s'était tant piquée d'honneur de ne pas porter en soi la folie des garçons, se rebella. De moins en moins, chaque jour, cependant.

Elle finit par accepter son sentiment, non pas comme une bénédiction, ni comme une croix, loin de là ! mais ainsi qu'elle accueillait le temps quotidien : telle une force, supérieure à la volonté, contre laquelle elle n'avait pas le choix.

Son cœur se tourna donc dans le sens de l'amour, à la façon des feuilles qui cherchent le soleil.

*
* *

Un soir le Survenant chanta :

Pour que j'fisse
Mon service
Au Tonkin je suis parti...

Je suis gobé d'un' petite
C'est une Anna, c'est une Anna,
                une Annamite

Je l'appell' ma p'tit' bourgeoise
Ma Tonkiki, ma Tonkiki
                Ma Tonkinoise...

Personne n'y comprit rien, sinon que l'air en était enlevant et que les pieds d'eux-mêmes battaient la mesure sur le plancher. Sa grosse main arrondie sur le genou, le père Didace, pour ne pas être en reste, entonna après lui :

Tu veux donc, ma très chère amante
Que d'amour je cause avec toi
Mais ta bouche rose et charmante
En parle beaucoup mieux que moi.
En abordant ce doux langage
Combien je me sens tressaillir !
Car de mon cœur qui n'est pas sage
Le feu tout d'un coup peut jaillir.

Quand il eut fini, il dit :

— Excusez-la. J'ai vu l'heure où j'en viendrais pas à bout.

La femme du maire, Laure Provençal, scandalisée, se pencha vers sa voisine :

— Pour un veuf, il est joliment prime. La pauvre Mathilde ! Ça valait ben la peine de mourir : être si peu regrettée...

Mais les autres étaient noirs de rire. Ils se donnaient de grandes claques sur les cuisses pour mieux manifester leur joie. On se serait cru au temps des fêtes ou des jours gras. Seule Phonsine toute jongleuse semblait la proie d'une grave préoccupation. Au bout de quelques instants, elle alla consulter Laure Provençal, tant en sa qualité de mairesse que de première voisine :

— Ça serait-il mal agir que de passer une ronde de vin de pissenlit ?

Pour mieux réfléchir, la grande Laure Provençal pinça les lèvres, croisa les bras et accéléra le balancement perpétuel dont le haut de son corps semblait animé. Son regret de la défunte n'allait pas jusqu'à la faire se priver du vin dont elle raffolait :

— Je vois pas de mal à ça, ma fille.

— Seulement, observa Phonsine, j'ai pas de galettage, pas même un biscuit village...

Bernadette Salvail s'offrit à l'aider et manœuvra pour servir le Survenant. Lui tendant un verre, elle s'enhardit jusqu'à dire :

— Gageons, le Survenant, que vous jouez du piano ! Je vois ça à vos yeux.

— Sûrement.

— Chez Angélina, ils ont un harmonium, mais c'est de valeur : personne joue jamais.

Le Survenant se tourna du côté d'Angélina :

— C'est la vérité qu'elle dit là ?

— La franche vérité ! Mais c'est un harmonium tout ancien qui doit avoir besoin de se faire accorder : on l'a pas ouvert depuis la mort de ma mère.

— Faudra que j'arrête chez vous, à quelque détour.

Angélina crut mourir de joie.

Le Survenant tourna le dos aux femmes et se mit à causer avec les hommes, laissant sa main étalée sur la table, près d'Angélina. Celle-ci regardait, sans pouvoir en détacher les yeux, cette grande main d'homme, déliée et puissante, tout à la fois souple et forte, une main qui semblait douce au toucher et en même temps ferme et blonde comme le cœur du chêne, une main adroite à façonner de fins ouvrages, Angélina en était sûre. Sous la peau détendue les veines saillaient ; elles couraient en tous sens ainsi que de vigoureux rameaux échappés de la branche. L'infirme pensa : une telle main est un bienfait à qui la possède et une protection pour la femme qui y enfermera sa main. Quelqu'un passa la porte et la lumière de la lampe vacilla. Devant l'or roux que la lueur alluma un instant au duvet des cinq doigts large ouverts, elle trouva que la main du Survenant ressemblait à une étoile.

La veillée tirait au reste. La vieille horloge des Beauchemin sonnait les heures à coups grêles et précipités. Elle en laissa tomber neuf d'affilée dans la cuisine. Aussitôt chacun se prépara à rentrer sous son toit et Venant songea aux travaux du lendemain. Il n'aimait rien autant que de se tailler une bonne journée d'ouvrage.

Après la mort de sa femme, Didace avait laissé plusieurs choses en démence sur la terre : il n'avait le cœur, pour ainsi dire, à rien d'autre que sa peine. En arrivant, le Survenant vit tout ce qui penchait, ce qui cherchait à manquer ou qui voulait seulement faire défaut : le fournil à radouber, les vieux bâtiments à jeter à terre, les clôtures à redresser, celles qu'il faudrait enlever avant la neige, les piquets à poser, le maçonnage de la cheminée, enfin, tout. Au Chenal, plusieurs cultivateurs, sauf Pierre-Côme Provençal, commençaient à regretter qu'il n'eût pas échoué chez eux plutôt que chez les Beauchemin : un peu plus il leur ferait honneur. À une corvée de route, la veille, Didace n'avait-il pas pris sa défense ouvertement et un peu au détriment d'Amable ? Un poissonnier de Maska avait demandé en passant :

— Qui, celui à tête rouge qui travaille comme un déchaîné à l'autre bout ?

Odilon Provençal répondit :

— C'est le Venant aux Beauchemin.

Amable s'emporta :

— Il n'est pas plus Beauchemin que toi, Provençal. Il est pas Beauchemin pantoute, si tu veux le savoir.

— Ouvre-toi donc les oreilles avant de parler. J'ai pas dit : Venant Beauchemin. J'ai dit : le Venant aux Beauchemin. Tu parles trop vite, toi, il va t'arriver malheur.

Le Mascoutain s'entêta :

— Comment c'est qu'il se nomme d'abord, Amable ?

— On le sait pas plus que toi. C'est un survenant.

— Ah ! fit l'autre, désappointé, c'est rien qu'un grand dieu des routes. Je pensais que c'était au moins quelque gars qui arrête le sang ou ben qui conjure les tourtes. Le diable et son train...

— Non, mais il peut empêcher les moutons de sauter les clôtures, remarqua Vincent Provençal.

— Pas vrai ? demanda le Mascoutain, rempli de curiosité. Comment qu'il s'y prend ?

— En les bâtissant assez hautes.

Ils éclatèrent de rire. Didace se rapprocha d'eux et trancha net la conversation :

— Toi, gros casque de Maska, passe ton chemin ben vite, ou ben donc je vas te renfoncer ton casque à trois ponts assez creux que tu verras plus se coucher le soleil. Et vous autres, riez-en pas du Survenant. Il peut avoir quelques défauts, mais il a assez de qualités pour s'appeler Beauchemin correct.

Le Mascoutain crâna en s'éloignant :

— Gardez-le donc, votre Grand-dieu-des-routes ! Personne veut vous le voler !

Mais les autres, en reprenant l'ouvrage, se dirent :

— Ma foi d'honneur, on dirait presquement que le père Didace le respecte.

6

PEU après, un matin, à l'accostage, Didace raconta à Venant qu'en longeant le platin du banc de sable, il avait vu au lac une mer de canards. « Le firmament en est noir à faire peur. Ils arrivent par grosses bandes sur l'eau. C'est ben simple, ils nous mangent », résuma-t-il.

Incrédule, le Survenant sourit : mais le midi, avant la fin du repas, il se leva de table et, le chien attaché à ses pas, il sortit se dirigeant vers le quai, sans dire un mot, de peur que Didace ne réclamât le canot.

Z'Yeux-ronds tremblait d'excitation. Pour l'empêcher d'aboyer, Venant le calma à petits tapotements sur les flancs. Dans le port, les canes, curieuses et affolées, l'œil rond, cessèrent de barboter et tendirent le cou. Le chien, du nez, poussait déjà le canot. Étonné, il regarda le Survenant s'éloigner sans lui. Partagé entre l'envie de se jeter à la nage et celle d'accompagner l'embarcation en courant à toute éreinte sur la grève, il sautait en tous sens. Un aboiement approchait sur la route : Z'Yeux-ronds vira de bord et alla au-devant.

Une fois hors de la vue des Beauchemin, Venant avironna à coups plus modérés. Il prendrait amplement son temps pour se rendre au lac. Le soleil était haut et le phare de l'Île-aux-raisins le guiderait. Depuis plusieurs jours le plein automne s'était appesanti sur le Chenal du Moine. Sous son joug on eût dit la campagne entière saisie d'inquiétude. Plus de bruissements et de friselis dans les arbres, rien que des craquements et des rages de vent. Plus de franches brumes levées avec le jour et que dissout un premier rayon de soleil, mais des brouillards morts sournoisement emmêlés aux brûlés et aux chaumes. Pas une motte qu'on ne retournât dans les terres. Pas un carré de potager qu'on ne mît à couvert sous une couche de paillis. Pas un cellier qu'on ne protégeât d'un double revêtement.

D'un champ à l'autre, la voix des hommes, plus grave et plus sonore, tintait comme un glas dans l'air matinal. Et souvent le chevrotement d'une brebis, stupide de détresse, franchissait la rivière, butant contre les berges.

Maintenant tout était si calme que la plaine semblait s'abandonner à la résignation, puis à la sérénité. Le chenal, sans les rouches desséchées, tapies entre terre et eau, paraissait élargi. À un bout de la commune, les derniers moutons, assemblés en rond, se serraient nez contre nez, épaule contre épaule, solidaires et silencieux, et forts. Dès le lendemain, il faudrait les traverser en chaland du pacage à la bergerie.

Le Survenant cessa d'avironner et laissa le canot dériver. Il se hissa avec précaution, la figure tendue au paysage. Il pouvait voir au loin mais il regardait près de lui : dépouillée des salicaires, l'île communale, ainsi déserte et comme apaisée, ressemblait à une longue bête assouvie. Sur l'autre rive, les arbres ornaient d'une couronne touffue la clairière de l'Île d'Embarras. À côté des saules pacifiques, insoucieux, de jeunes planes dardaient leurs branches agressives, comme autant de lances à l'assaut, tandis que les liards géants se reposaient, dans la patience et l'attente des choses.

Le Grand-dieu-des-routes renifla d'émotion. Quelque chose de grand et de nostalgique à la fois, quelque chose qu'il n'avait jamais ressenti auparavant remuait en lui, qu'il eût aimé partager, même dans le silence, soit avec Didace Beauchemin, soit avec Angélina Desmarais, ou peut-être aussi Z'Yeux-ronds. Il regretta d'avoir laissé le chien à l'abandon sur le quai.

*
*   *

Le père Didace n'avait pas menti : il y avait au lac de grands rassemblements d'oiseaux sauvages attendant du ciel le signal de la migration vers le sud. Déjà la sarcelle à ailes bleues et la sarcelle à ailes vertes avaient fui le pays. Les canards assemblés par milliers, les uns silencieux, les autres nerveux et volontiers criards, formaient comme une île vivante sur la batture. Dissimulé parmi les branchages, Venant se passionna à suivre leurs ébats : ce n'était que frouement de plumes, nuages de duvet, tournoiements et volètements de canards de toutes sortes. Il s'exerça à distinguer au milieu des noirs, surtout en grand nombre, le harle huppé de violet toujours à l'affût de poisson, le bec-scie à la démarche gauche, le bec-bleu, le milouin à cou rouge, le gris au long col haut cravaté de blanc, un français sauvage, et une ou deux marionnettes. Un malard, racé et distant, le plumage bigarré, se tenait à l'écart avec sa cane. À tout moment un oiseau, frénétique de départ dans un fracas d'eau et de plumes, tendait toutes grandes à l'air ses ailes chargées d'élan.

Incapable d'en détacher ses regards, Venant resta longtemps immobile, ébloui, jusqu'à ce que, pris de vertige, il s'aperçût que la terre brunissait à vue d'œil, à l'approche du soir. Au retour, l'eau parut plus lourde à l'aviron ; avant longtemps il gèlerait pour tout de bon.

En entrant dans la maison, il fut fort étonné de n'y trouver qu'Alphonsine. La jeune femme, tout à l'heure mortellement inquiète d'être ainsi seule à la nuit tombante, jugeait naturel, maintenant qu'elle était rassurée, de passer sa mauvaise humeur sur le premier arrivant.

— Vous v'là ? Il est à peu près temps.

— Et les deux autres ?

— Amable est parti en ouaguine mener mon beau-père.

— Où ça, sur le tard de même ?

— À la grand'mare, dans la baie de Lavallière, un peu plus haut qu'À la Prèle.

— Pas à la chasse encore ?

— Beau dommage. Il est toujours pas allé ramasser des framboises. Il va coucher aux noirs, vous le savez ben : son affût est au bord de la baie.

— Pas si raide ! Pas si raidement, la petite mère ! lui reprocha Venant. Puis, se radoucissant, il ajouta : Consolezvous. J'ai dans l'idée que c'est son dernier voyage de chasse. À soir, toutes les baies seront prises.

Didace ne revint que le lendemain midi, des brins de paille encore accrochés à sa chevelure cotonnée et le visage brûlé par le grand air. En effet, des bordages de glace ourlaient déjà les baies. Après avoir recouvert d'herbe à liens son affût, il avait passé la nuit sur un amas de paille, à chasser, par un beau clair de lune. Les canards attirés par l'eau de la mare s'y jetaient sans méfiance.

— Puis votre chasse ? demanda Venant.

Le Survenant parlait plus par taquinerie qu'autrement. À plusieurs reprises, au cours de la nuit, il avait entendu le bruit du tir.

— Ma chasse ?

Le père Didace sourit. Sans se hâter, il sortit de la voiture l'étui de cuir où se trouvait le fusil. Didace traitait en ami le fusil de chasse. Il l'entourait de petits soins que raillait Amable, peu précautionneux, tel que de toujours l'engainer quand il le transportait au grand air, afin de ne pas trop l'exposer aux duretés des intempéries.

Depuis l'arrivée du premier Beauchemin, au Chenal du Moine, six générations auparavant, le fusil de chasse était à l'honneur dans la maison. Après le mousquet apporté de France et le fusil à bourre, celui-ci à canon broché, de bonne valeur sans être une merveille, participait à la vie intime de la famille Beauchemin, comme la table, comme le poêle, comme le lit. Didace en connaissait si bien la portée que, vînt à passer du gibier, gibier d'eau ou gibier à poil, rarement il lui arrivait de gaspiller une cartouche.

Devinant l'éclair de moquerie dans le regard de Venant, Didace enjamba la cage à appelants et hala deux sacs de canards. Il y en avait soixante-deux en tout, des noirs pour la plupart, mais avec quelques cendrés, un couple de courouges, un branchu aux trois plumes précieuses et plusieurs terriens parmi, tous gras et en belle plume.

— Ils tombaient comme des roches. Je leur coupais la vie, net !

Soudain, soit que des images du passé ressurgissent à ses yeux, soit que le désir de se venger des chimères du Survenant fût plus fort que lui, il ajouta :

— C'est rien, ça : t'aurais dû voir les chasses d'autrefois quand on rapportait les canards à plein canot.

Tout de même fier de son coup et fort content d'étonner le Survenant, il lui cria, les épaules secouées de gros rires, en escaladant le raidillon :

— En tout cas, si tu veux te rincer l'œil, Survenant, t'en auras toujours pour ta peine.

À la vue de la chasse, Alphonsine se prit la tête à deux mains :

— Journée de la vie !

Tant de canards à plumer, flamber, vider. Tant de plume à éduveter. Et les poux de canard qui vous courent par tout le corps. L'odeur des abatis lui faisait lever le cœur.

Découragée et frissonnant de dédain, elle dit à Amable :

— Au moins, tâche d'obtenir de ton père qu'il les vende tout habillés.

*
* *

Deux ou trois jours plus tard un immense volier d'outardes traversa la barre pourpre du soleil couchant. Sagaces et intrépides, elles allaient demander leur vie à des terres plus chaudes de fécondité. Elles volaient en herse par bandes de cinquantaine, les dernières, plus jeunes ou moins habiles, d'un vol tourmenté, jetant sans cesse leurs deux notes de détresse auxquelles répondait l'exhortation mélancolique de l'éclaireur.

Après la soirée, en entrouvrant la porte, Didace entendit dans le ciel un long sifflement d'ailes : un dernier volier passait comme un coup de vent. Les canards sauvages voyageaient de nuit, sans un cri, à une grande hauteur, de leur vol rapide du départ.

— C'est la fin, se dit-il, le cœur serré.

Longtemps il resta, attristé, sur le seuil de la porte. Et il sut, une fois de plus, que l'ordre de l'hiver allait bientôt succéder à l'ordre de l'automne.

7

DIDACE dormit mal.

Après une saison de chasse, l'habitude de coucher dans le canot, à l'affût, lui laissait le sommeil léger. Toutefois il n'avait jamais connu pareille nuit d'insomnie. Tantôt agité, cherchant dans le lit de plume un creux où se tapir plus à l'aise, tantôt immobile, le regard fixe, le long du mur, il se demandait ce qui pouvait le tenir ainsi éveillé. De temps à autre, surtout quand il voulait retourner son corps massif, il sentait bien une douleur, comme une main dure, le prendre à l'épaule gauche. Mais il n'était pas une créature pour geindre à tout propos.

— C'est toujours pas le pain ni le beurre que j'ai mangés hier soir qui me font un poids au cœur. Le pain, c'est ma vie.

Non, le pain ne le trahirait pas.

L'air de la chambre parut avare et chargé d'embarras à sa gorge altérée. Il toussa bruyamment dans l'espoir d'éveiller quelqu'un, surtout le Survenant, qui couchait au grenier, juste au-dessus de lui. La couchette en craqua mais Venant ne broncha pas. Dans la chambre voisine Alphonsine renâcla, en proie à un cauchemar. Didace, volontiers de mauvais compte quand il s'agissait de la bru, songea :

— Elle sait seulement pas se moucher !

Puis la maison retourna à son silence sourd. Par les seize carreaux le clair de lune trembla sur le lit. À même le treillis d'argent découpant la courtepointe foncée, Didace étira ses gros pieds, avides de détente.

Tout à coup, comme par une ultime générosité, avant-courrière de l'abandon, tout se pacifia dans la maison. Voilà que le silence s'allégeait et que Didace ne sentait plus la main dure à son épaule. Z'Yeux-ronds, battant de la queue sur le plancher de la cuisine, témoignait de sa présence sympathique et fidèle. Même l'air de la chambre s'enrichissait, on aurait dit : la nuit touchait à sa fin.

L'aube s'annonça prochaine. « L'heure de la passe », songea Didace. Mais les canards avaient quitté le pays. Il se recueillit pour entendre en lui, encore une fois, leur dernier vol. Le bruit d'ailes mollissait, lointain : Didace verrait-il les canards sauvages revenir au printemps ? Le bruit d'ailes mollissait, fluide, insaisissable : Didace serait-il de ce monde, à l'avril prochain, quand à l'eau haute noyant les prés du Chenal, le premier couple se poserait sur la mare, derrière la maison ? Le bruit d'ailes mollissait... mollissait... perdu dans les nuages : Didace reposait.

*
* *

Quand Didace Beauchemin s'éveilla, il faisait encore brun. Il s'était assoupi seulement. Son premier soin, une fois levé, avant même de se rendre à l'étable, fut d'aller au bord de l'eau. Tout un jeu de canards dressés pour la chasse, une dizaine en tout, prenaient leurs ébats dans le port. Pour rien au monde il ne les eût cédés, tant ils lui étaient chers. Tout en marchant, par plaisir il imita le sillement du jars. Aussitôt, la vieille cane donnant l'élan, les canes répondirent à l'appel, coin, coin, coin... Affolées par la présence du chien, elles se mirent à fuir Z'Yeux-ronds dans ses gambades, d'un bout à l'autre du port.

— Marche à la maison, Z'Yeux-ronds, chien infâme !

Le chien se tranquillisa et Didace put regarder en paix autour de lui : sous la gelée blanche, la terre grisonnait de partout. Dans les anses, la glace devait maintenant supporter le poids d'un homme. L'eau du chenal, plus épaisse, semblait immobile. Elle avait monté durant la nuit. Elle montait à chaque plein de lune. Voulant consolider le quai, il se pencha pour empoigner un pieu, mais il se releva vite, un cri de surprise à la bouche :

— Torriâble ! mon canot qu'est disparu !

Didace se ressaisit : un canot ne se perd pas ainsi. Peut-être que le vent l'aurait détaché ? Pourtant il se souvenait de l'avoir solidement amarré, la veille, tel que de coutume. Peut-être que Joinville Provençal ou Tit-Noir à De-Froi, ou un autre l'aurait toué ailleurs pour le plaisir de lui jouer un tour ? Pourtant les jeunesses savaient qu'il n'entendait pas à rire là-dessus. Il sauta dans la chaloupe et partit visiter les quais voisins, puis d'autres plus éloignés, s'informant de son canot auprès de chaque habitant, mais en vain : personne n'en avait eu connaissance.

Vers deux heures une crampe d'estomac ramena Didace à la maison. Il mangea seul, au bout de la table, sans prononcer une parole, et sans lever la vue de la soucoupe où son thé refroidissait, son seul souci, on eût dit, étant de surveiller les courtes vagues que son souffle faisait naître dessus. La dernière bouchée à peine avalée, il passa la porte et ne revint qu'à la nuit tombée, ayant parcouru les petits chenaux, les rigolets, partout où le canot pouvait avoir échoué. Le lendemain, ni Amable, ni Alphonsine n'osèrent aborder avec lui le sujet. Ce fut Venant qui rompit le silence. Aussitôt les trois hommes se mirent à parler à la fois comme s'ils eussent par miracle recouvré l'usage de la parole.

Venant dit :

— Si c'est la perte de votre canot qui vous occupe...

— Toi, Survenant, ça sera jamais l'occupation qui te fera mourir, interrompit Amable.

Didace éclata :

— Si jamais je mets la main sur le voleur, je le poigne par l'soufflier et je l'étouffe dret là.

— Oui, reprit le Survenant, mais ça vous redonnera pas votre canot. Si vous voulez je peux vous en bâtir un, semblable à l'autre.

— Parle donc pas pour rien dire, Survenant.

— Je parle d'un grand sérieux. Il y a du bon bois sec en masse, à rien faire, sur les entraits.

— Il mange pas de pain.

— Je veux ben croire, mais il en gagne pas non plus.

Amable se mit à ricaner :

— Tu dois en être un beau charpentier à gros grain. Où c'est que t'as tant appris ton métier ? C'est-il sur les routes ?

— Je sais pas grand'chose, Amable Beauchemin, mais j'en sais assez long pour pas faire une offre que je serais pas capable de tenir. Le canot aurait pas de faux côtés et il n'y aurait pas de rossignols, je le garantis.

Deux dimanches de suite, à l'issue de la messe, Didace fit crier sans succès la perte de son canot. Alors, un peu gêné, il prit Venant à part :

— Euh ! ce que t'as dit, l'autre jour, à propos du canot...

Le Survenant vint à son aide :

— Je vous ai fait une offre. Seulement faudrait me fournir des outils. Je peux toujours pas travailler le bois rien qu'avec une hache et une égoïne.

— Ouais. Il y a ben un coffre d'outils dans la chambre d'en haut. Mais je sais pas au juste ce qu'ils peuvent valoir.

Les deux hommes grimpèrent l'escalier. Monté sur une chaise, d'un coup d'épaule Didace souleva la trappe donnant sous les combles. Il en tira un coffre poussiéreux. Après quelques efforts, il parvint à l'ouvrir et tendit un guillaume et un bouvet au Survenant. Mais celui-ci interloqué avait déjà pris dans ses mains un trusquin, des ciseaux, des gouges...

— Où avez-vous eu tous ces outils-là ?

— Ah ! ils ont appartenu à un des vieux Beauchemin, mais je serais pas mal en peine de te dire lequel. Depuis que j'ai l'âge de connaissance, j'ai toujours vu le coffre dans la maison.

Au fur et à mesure qu'ils sortaient les outils, Venant continuait à les nommer :

— Des servantes, une boîte d'onglets, des sergents, une boîte à recaler...

Il y avait aussi des serres, des griffes, des maillets, des riflards, des bédanes, des tarières, enfin tous les outils que puisse désirer un bon artisan.

Didace observa :

— On dirait ben que tu les connais tous par leur petit nom ?

— Mon grand-père avait un coffre semblable.

— Comme ça, ton grand-père était un charpentier ?

— Mon grand-père ?

Venant sourit :

— C'était un vieux détourreux. Il me disait lui aussi que le coffre venait d'un ancien mais qu'il ne se souvenait pas de son nom.

Les deux hommes partirent d'un même éclat de rire.

Bientôt le Survenant reprit :

— Je peux vous bâtir un canot de neuf pieds, en pin, pas trop versant, avec une pince de dix-huit pouces et le derrière en sifflet. Un canot pour un homme. Un vrai petit tape-cul.

— Là, tu parles, mon garçon !

— Je pourrai travailler en paix dans le fournil cet hiver. Seulement je veux pas voir là un écornifleux, pas un seul.

— T'es ben maître de ne pas en endurer un, si tu veux pas !

8

—HOU donc ! Phonsine ! T'entends pas la cloche ? V'la le tinton qui se prépare à sonner !

À la seule réponse, le heurt d'un fer contre le globe de la lampe dans la chambre d'Alphonsine, Didace tempêta :

— Quoi c'est qu'elle a à tant vouloir se friser belle, à matin ? Elle est pas de rien !

Le dimanche matin, bien qu'elle se levât une heure plus tôt, c'était toujours un aria pour Alphonsine, depuis qu'elle était maîtresse de maison, de s'apprêter à partir pour la grand'messe. Outre qu'elle devait préparer en peu de temps le repas du midi, balayer la place et mettre de l'ordre dans la maison, il lui fallait sortir l'habillement du dimanche de son beau-père et de son mari et aider ceux-ci à attacher le faux-col et nouer la cravate. Ni l'un ni l'autre n'en venaient à bout seuls.

Le matin de ce dimanche de décembre, pendant que Didace voyait au train de l'étable, Venant apporta le bois au bûcher. En entrant il aperçut Alphonsine essuyer une larme à la dérobée ; elle s'était querellée avec son mari. Pour l'égayer, le Survenant lui dit :

61

— Chauffe, Phonsine, chauffe le poêle si tu veux avoir un mari joyeux.

Amable, taciturne, l'esprit maladif, qui boudait, allongé contre le poêle, prit à la hâte son casque et son capot de poil et sortit.

— Voyons, voyons, Phonsine, lui reprocha le Survenant, on pleure pas pour des riens : c'est pas le temps, le dimanche matin. Tu devrais avoir honte : Amable qui t'aime tant !

Alphonsine, sa rancune contre Amable et sa sauvagerie subitement oubliées, se vira, brusquement agressive du côté de Venant.

— Quoi c'est que t'en sais tant pour te mêler de parler, Grand-dieu-des-routes ? Et qui c'est qui te dit qu'Amable m'aime ? À moi il m'en parle jamais.

Du haut de ses grands bras Venant laissa s'ébouler dans la boîte-à-bois la brassée de plane des îles :

— C'est pire : une femme, ça peut vous taper la face pendant des heures de temps. Mais si vous lui prenez seulement le bout du petit doigt pour l'arrêter, elle crie au meurtre comme une perdue. Et un homme a beau donner son nom à une femme, il pourrait s'ouvrir la poitrine avec un couteau et s'arracher le cœur pour elle. Du moment qu'il lui déclame pas à tous les vents qu'il l'aime, non ! il l'aime pas !

Alphonsine, piquée, le relança :

— T'en sais ben long sur les femmes, pour un vieux garçon de ton espèce ?

— Qui c'est qui t'a déjà dit que j'étais...? Écoute, la petite mère, on ferait peut-être un bon almanach de la mère Seigel avec ce que je connais là-dessus.

*
* *

Le père Didace s'impatienta de nouveau :

— Grouille donc, Phonsine ! Elle est là qui tourne tout le temps dans la même eau.

Il dit à Venant :

— Prends le fouet et appareille-toi, on part. Elle manquera la messe. Tant pire pour elle. Faudra qu'elle s'en confesse.

Puis il sortit en maugréant :

— Elle est pas raisonnable. Amable a tout son reste à retenir le Pommelé. On va arriver le sermon commencé. Un vrai déshonneur !

Le fouet de cérémonie, pour la voiture légère, les sorties du dimanche, les soirs de bonne veillée, voisinait dans le coin avec le balai de sapinage. Le Survenant obéit. Près de la chambre d'Alphonsine il frappa le plancher à grands coups de manche de fouet.

— Le fais-tu exprès, Phonsine ? Tu sais bien que le cheval attend pas aux portes et que les chemins sont méchants !

La jeune femme, la tête dans l'embrasure, dit seulement :

— Vous, le beau faiseux d'almanach !

Au dehors, la Pèlerine, la cloche de Sainte-Anne de Sorel, s'évertuait à sonner : envoie une bordée de sons au Chenal du Moine, bute sur les labours gelés, propage ses notes claires au delà de la grand'rivière, porte une volée à l'Île de Grâce, une dernière branlée au nord, puis tinte... tinte... tinte...

Elle tintait encore quand Alphonsine sortit de la maison. Dans sa collerette de rat d'eau sentant la camphorine, elle était à peine reconnaissable, et fort enlaidie : elle n'avait plus son visage lisse et blême, ni ses bandeaux unis, des jours de semaine, mais un toupet frisé comme à perpétuité et la figure d'une blancheur risible, de la poudre de riz jusqu'à la racine des sourcils et des cils. Elle s'assit en arrière dans la barouche avec Amable. Le Survenant prit place sur le siège d'en avant, à côté de Didace, prêt à partir, les guides en main. Cahotés en tous sens ils firent un bon bout de chemin sans que personne ouvrît la bouche.

Aussi longtemps qu'il longeait le fleuve, même en coupant à travers les terres, le chemin de Sainte-Anne de Sorel restait large et assez ordonné. Passé le Petit Moulin, au partage du fleuve, où commence l'archipel à la tête du lac Saint-Pierre, puis le chenal du Moine et le rang du même nom, il devenait subitement sinueux, à vouloir suivre les méandres et les moindres caprices de la rivière. En face de la demeure des Beauchemin, bien qu'il fût encore le chemin du roi, l'herbe, à l'été, cherchait déjà à pousser entre ses roulières. Quelques arpents plus loin, il n'était pas même une impasse : rien qu'un sentier herbu allant mourir à la première crique.

À l'approche du gros pin qui servait d'amet aux navigateurs, le Survenant remarqua :

— Il y a du bosselage en abondance sur les routes.

Vexé de l'entendre parler en termes, Didace clignota des yeux :

— Je sais pas de quoi c'est que tu veux dire, Survenant. Mais si tu veux parler des bourdillons dans le chemin, j'vas dire comme toi, il y en a en maudit !

Du coup les autres se déridèrent. Cela suffit à les faire revenir à de meilleurs sentiments.

Venant, poursuivant son idée, reprit :

— Il nous faudrait de la neige.

— Sans doute. Quand il y a pas de neige, le frette massacre tous les pâturages.

Il parlait d'une voix ferme, mais l'inquiétude était en lui : la neige, à force de tomber depuis le commencement des siècles, devrait fatalement venir à manquer.

Ce n'était pas uniquement par piété que Didace voulait arriver avant le commencement de la grand'messe : il ne détestait rien autant que d'être bousculé, disait-il. Mais il aimait surtout parler avec tout chacun à la porte de l'église. Puis, quand il s'enfonçait dans son banc, un quart d'heure avant l'Introït, il avait le temps de prendre connaissance de l'assistance, de se racler la gorge à fond, de chercher son chapelet et aussi de penser en paix à ses affaires temporelles. À l'entrée du prêtre il les abandonnait pour se mettre en la présence de Dieu. Mais il les reprenait au milieu du sermon. L'attention lui était difficile. Malgré sa bonne volonté, il ne parvenait pas à comprendre les vérités haut placées que prêchait l'abbé Lebrun. Pour lui, les commandements de Dieu et de l'Église se résumaient en quatre : faire le bien, éviter le mal, respecter le vieil âge et être sévère envers soi comme envers les autres.

Le père Didace en tête, ils entrèrent dans l'église et, à la file, d'un pas empesé, se rendirent jusqu'en avant. Le Survenant qui portait les mêmes nippes, le dimanche comme la semaine, monta au jubé. Pierre-Côme Provençal se carrait au banc d'œuvre que seul un capitonnage distinguait des autres. Fort, sanguin, engoncé dans sa graisse et dans la satisfaction de sa personne, il occupait la moitié du banc. Avant même de s'agenouiller, Didace le vit et se dit :

— C'est ben toujours lui, le Gros-Gras. Il lui faut toute la place : les deux autres se tasseront, quoi !

Après les annonces le curé de Sainte-Anne entama la lecture de l'Évangile du jour : « En ce temps-là, Jésus dit à ses disciples : il y aura des signes dans le soleil, la lune et les étoiles...! »

... « Et alors on verra le Fils de l'homme venir sur une nuée avec une grande puissance et une grande majesté... »

... « Voyez le figuier et les autres arbres ; quand ils commencent à pousser, vous reconnaissez que l'été est proche... »

... « Le ciel et la terre passeront, mais mes paroles ne passeront point. »

Au silence du prêtre la foule des fidèles ondula puis se courba dans un même mouvement comme les blés que l'habile faucheur couche d'un seul andain. L'abbé Lebrun replaça le signet noir, posa ses mains sur le bord de la chaire et, ayant promené son regard clair et calme sur ses ouailles, il prêcha. Il prêchait sans éclat, sans recherche, d'une voix monotone.

Ainsi que chaque dimanche, au début du sermon, Didace Beauchemin, attentif, la tête tournée vers la chaire, la main en cornet autour de sa bonne oreille, fit un effort pour écouter. Mais petit à petit il ramena son regard vers la nef, et le temporel eut vite le dessus :

— Sûrement il faudrait de la neige. Une grosse bordée de neige.

À mesure qu'il vieillissait, sachant éphémères tant de choses qu'il avait crues immuables, Didace ne se reposait plus comme autrefois dans la certitude des saisons. Quand il avait pris possession de la terre ancestrale, puis à la naissance de son fils, un sentiment de durée, de plénitude, l'avait pénétré jusque dans sa substance même : la force tranquille de l'arbre qui, à chaque jour, à chaque heure, à chaque instant, enfonce ses racines plus avant dans le sol. Il ne doutait pas alors que le printemps ne ranime l'eau des rivières, que l'été ne mûrisse, par grappes blondes, les avoines, avec tous les fruits de la terre. Il savait que le départ des oiseaux sauvages est nécessaire, à l'automne, et qu'il engendre la fidélité du retour, au printemps. Il savait aussi que la neige tombe à son heure, et pas avant ; et que rien ne sert, devant les desseins de l'Éternel, de vouloir tout juger à la petite mesure de l'homme.

Mais le gel de la mort a abattu une jeune branche avant son terme ; une autre s'en détache d'elle-même, comme étrangère à la sève nourricière, et le vieux tronc, ses racines à vif, peine sous l'écorce, une blessure au cœur.

« Si l'Ange de Dieu... », prêchait le curé de Sainte-Anne.

Oui, si l'Ange de Dieu allait paraître sur les nuées et de son seul souffle chasser toute la neige ou détruire tout geste de vie au Chenal du Moine ? En attendant, l'ange du sommeil penchait la tête de Didace à petits coups, puis plus obstinément. Alphonsine poussa Amable, du coude :

— Ton père qui cogne des clous !

Des yeux son mari lui répondit : Laisse-le. Il peut pas faire autrement.

À la sortie de la messe, quelques flocons de neige voltigèrent, se posant délicatement, comme avec d'infinies précautions, sur la terre.

— Le temps est blanc. Va-t-il neiger, quoi ?

— Il neigeotte.

— Il neige, dit joyeusement Phonsine.

Les hommes se sourirent. Neiger signifiait pour eux une forte bordée, un épais revêtement collé aux maisons, un pont solide sur les chemins d'hiver entre les balises, une eau lourde qui soude les rives. Mais non ces plumes folles.

Phonsine tendit la main à l'air pour capturer un flocon ou deux. Seules des gouttelettes tremblèrent à la chaleur de la peau.

*
* *

Peu de temps après, au jour laiteux éclairant la pièce, Venant comprit, à son réveil, que la métamorphose attendue arrivait enfin. Il sauta hors du lit. Sous le ciel bas la neige abolissait les reliefs ; elle unifiait toute la campagne dans une blanche immobilité. Il neigeait à plein temps. Ce n'était plus les plumes folles du dimanche précédent. La neige tombait fine, tombait dru, tombait abondante, pour régaler la terre.

Vers midi le soleil se montra, pâle parmi de pâles nuages ; et cependant il alluma des myriades d'étoiles dans les champs.

Didace dit : « La neige restera ».

Et la neige resta.

Avec la neige définitive un apaisement s'installa dans la maison. Chacun vaqua à ses occupations avec plus d'empressement. Venant avait transformé le fournil en atelier auquel seul le père Didace avait accès. À les entendre le canot progressait mais nul n'en voyait la couleur.

Aux premiers chemins allables, les deux hommes se rendirent à Sorel. Ils n'en revinrent que le soir, gais et éméchés, et apparemment de complot dans un projet qu'ils mettaient un soin enfantin à cacher.

Au milieu de la semaine suivante Marie-Amanda arriva à l'Île de Grâce. On ne l'attendait pas si tôt. Un jeune enfant à chaque main, et lourde du troisième qu'elle espérait au printemps, elle s'avança, grande et forte, le regard franc, reposante de santé et de sérénité, vers la maison paternelle.

— J'ai eu trop peur que le pont de glace vinssît pas prendre à temps pour les fêtes.

Alphonsine comprit que Marie-Amanda voulait alléger à son père le chagrin d'un premier jour de l'an sans Mathilde Beauchemin.

— Allez-vous me garder, mon père ? demanda Marie-Amanda, un sourire de bonté aux lèvres.

Didace, ému et heureux à la fois, joua le bourru. Il se tourna du côté de sa bru :

— Quoi c'est que t'en penses, la petite femme ? On devrait-il la garder ?

Phonsine entra dans le jeu :

— Pour une journée ou deux, on en mourra toujours pas.

9

CE fut à partir de ce moment que la maison recouvra vraiment le don. Dès le lendemain de son arrivée, Marie-Amanda entreprit le grand barda qu'Alphonsine avait toujours retardé. Toute une journée les poulies grincèrent sous le poids de la corde où des pièces de linge pendaient. Vers le soir les femmes les entrèrent à pleine brassée ; elles en avaient l'onglée. Une odeur de propreté, de confort, s'épandit dans toute la maison et les hommes prirent des précautions inusitées afin de ne rien salir.

— Tu vas te morfondre, disait souvent Didace à Marie-Amanda.

Mais elle n'eut de reste que tout fût à l'ordre et qu'il y eût aux fenêtres, comme au temps de Mathilde Beauchemin, des rideaux empesés à point et, sur les lits de plume durement secoués, de grands carreaux d'oreillers rigides, trônant, solennels à la tête des couchettes ; l'un portait comme motif brodé de fil rouge, un enfant endormi ; l'autre, un enfant éveillé, avec, en dessous : *good-morning, good-night*. Dans l'obscurité de la commode, les catalognes et les ronds de tapis nattés attendaient leur tour de donner un air de fête à la maison.

Outre la table, le poêle et les chaises, dans la cuisine, un meuble unique qu'un éclat de bois sous un coin maintenait d'aplomb à un angle de la pièce, servait à la fois de buffet et de commode. Une carafe de cristal ornait le centre. D'un rose irréel, décorée de colombes dorées portant un message blanc enroulé dans leur bec, et entourée de six verres minuscules, elle jurait par sa fantaisie avec le reste des choses naturelles. En l'apercevant, Didace avait observé, mécontent : « Si on dirait pas un courouge avec sa couvée... » Les premiers temps, dès qu'un regard étonné s'y posait, gêné par la présence d'une semblable frivolité dans la maison, il sentait le besoin d'en expliquer l'origine : « C'est la bru... » Phonsine l'avait gagnée, à une kermesse soreloise, en même temps que la tasse de thé dans laquelle seule elle buvait.

Puis on fit boucherie. Angélina s'offrit à préparer la saucisse en coiffe et le boudin.

— C'est pas de refus, s'empressa de répondre Phonsine qui n'en pouvait plus.

Marie-Amanda, loin d'être dépaysée par l'ouvrage, ne se plaignait jamais de la fatigue. À peine si parfois les mains sur les hanches, elle s'étirait la taille de façon exagérée, pour alléger ses reins, un moment, du poids de toute leur richesse.

Le travail lui semblait naturel et facile. L'œil se reposait à la voir apporter à l'accomplissement de toutes choses des gestes si précis, si paisibles. D'une main loyale et sûre d'elle-même elle assaisonnait le manger, ou pétrissait le pain, de même qu'elle tordait le linge et faisait le ménage. S'il venait à manquer quoi que ce soit dans la maison, elle n'avait qu'à le dire. Aussitôt c'était à qui attellerait Gaillarde et courrait à Sainte-Anne, même à Sorel, acheter ce qu'il fallait, sans que personne trouvât à redire. Venant lui enseigna même le moyen de faire du pain sans lice. Phonsine, qui avait tant de peine à se faire aider d'Amable, enviait à Marie-Amanda son secret d'obtenir une si prompte assistance de chacun. Tandis qu'Angélina, de voir le Survenant si empressé auprès de Marie-Amanda, s'appliquait en cachette à copier les manières de son amie.

Noël approchait. Venant ne suffisait pas à emplir la boîte-à-bois. Il triait même le bois fin, et recherchait surtout le bouleau renommé pour donner un bon feu chaud.

Après avoir apprêté comme autrefois l'ordinaire des fêtes avec ce qu'il y a de meilleur sur la terre, le matin du vingt-quatre décembre, Marie-Amanda se mit à voyager, comme autrefois, du garde-manger à la grand'maison. L'heure était venue d'apporter à la jarre de beignets blanchis de sucre fin, le ragoût où les boulettes reposent dans une sauce onctueuse, les tourtières fondant dans la bouche et les rillettes généreusement épicées. Au fond du chaudron de fer, un paleron de jeune porc gratinait doucement avec un morceau d'échinée mis de côté pour Phonsine qui ne pouvait souffrir l'ail. Comme autrefois la dinde dégelottait dans le réchaud. Et tout en haut du bahut, dans la chambre de Didace, en sûreté loin de la vue des enfants, les sucreries, les oranges et les pommes languissaient derrière une pile de draps.

Tout comme autrefois, pensa Marie-Amanda. Mais la joie insouciante d'autrefois n'était pas en elle. Son cœur pétri de durs souvenirs se gonflait de chagrin : Éphrem s'est noyé, un midi de juillet ; il n'avait pas seize ans. Mathilde Beauchemin n'est plus de ce monde pour tenter de radoucir le père Didace quand Amable ronge son ronge ou que les deux hommes ne s'entendent pas. L'aïeule ne trottine plus dans la cuisine en déplorant qu'on ne fasse point de pralines comme dans l'ancien temps.

Cependant les paroles qui auraient pu exhaler sa peine, Marie-Amanda les retint en soi, pour ne pas attrister les autres. Elle s'en fut seulement à la fenêtre jeter un long regard au dehors, comme pour demander au pays immuable un reflet de sa stabilité. Le soir tombait bleuissant la nappe de neige dressée sur la commune, et l'échine des montagnes, tantôt arrondie au creux du firmament, se confondait maintenant à la plaine. À travers la brume de ses larmes, à peine Marie-Amanda voyait-elle le paysage. Déjà c'était elle, à trente ans, la plus vieille des femmes de la famille. C'était à elle, la fille aînée, de donner le bon exemple. Ainsi donc la vie est comme la rivière uniquement attentive à sa course, sans souci des rives que son passage enrichit ou dévaste ? Et les êtres humains sont les roseaux impuissants à la retenir, qu'elle incline à sa loi : des joncs bleus pleins d'élan, un matin, et le soir, de tristes rouches desséchées, couleur de paille ? De jeunes joncs repousseront à leur place. Inexorable, la rivière continue de couler : elle n'y peut rien. Nul n'y peut rien.

La petite Mathilde, étonnée de voir sa mère si longtemps immobile, se pendit aux jupes de Marie-Amanda :

— Ma...man !

Le petit Éphrem, vacillant sur ses jambes, l'imita :

— Ma... man... man... man...

Marie-Amanda se retourna. Elle avait encore le cœur gros, mais elle parut consolée et dit simplement à Phonsine :

— Si on faisait de la plorine comme dans mon jeune temps ?...

La petite Mathilde battit des mains :

— D'la plorine, maman, j'veux de la plorine !

Marie-Amanda prit sa fille dans ses bras pour la manger de baisers. Le Survenant la lui enleva doucement mais lui dit d'un ton brusque :

— Vous devriez pas la porter de même : elle est ben trop pesante pour vous.

Peu après le commerçant de Sainte-Anne arriva. Il s'engouffra dans la cuisine, en même temps qu'une bouffée d'air gelé. Il arrivait toujours en coup de vent ; on aurait juré que rien ne saurait le retenir une minute de trop et, à chaque maison, il prenait le temps de fumer sa pipe et de s'informer de tous les membres de la famille.

— Puis le père Didace, il est toujours veuf ? Crèyez-vous qu'il fait un beau veuvage ! Les créatures lui feraient-ti peur, par hasard ?

Phonsine, pour le plaisir de le faire parler, observa :

— Elles sont pourtant pas dangereuses !

— Ah ! ma fille, on sait jamais. J'en ai connu qui étaient ben épeurantes... ben épeurantes !

— Lesquelles est-ce ?

— Des créatures, les cheveux tout mêlés en paillasse.

À tout moment il rebondissait sur ses jambes. On croyait qu'il repartait : il allait simplement lever le rond du poêle où cracher dans le feu et retourner s'encanter dans la chaise, ses deux pieds étirés sur la bavette du poêle.

— Puis toi, Phonsine, tu fais pas baptiser ? Puis Amable ? Puis le Survenant ? Puis Ludger ? Puis Z'Yeux-ronds, il jappe toujours ?

Tous y passèrent. Quand il arriva au tour de Marie-Amanda, il se contenta de lorgner obliquement de son bord :

— Puis les gens de l'Île de Grâce ? Ils me font l'effet d'être prospères, d'après ce que je peux voir.

Son butin de nouvelles grossissant à chaque maison, il s'attardait davantage à mesure que sa tournée avançait. On eût dit que c'en était là le but principal, plutôt que la vente de sa marchandise.

Marie-Amanda se faisait une joie d'assister à la messe de minuit. À la demande du père Didace, le Survenant accepta de garder la maison. Il ne se fit pas même prier. Marie-Amanda le rassura sur le compte de la nuit : les enfants ne s'éveillaient jamais. Son mari, Ludger Aubuchon, la rejoignit à l'église de Sainte-Anne et, après la messe, les gens du Chenal revinrent à la suite. Toute une filée de traîneaux s'égrenaient sur la route, dans la nuit bleue argentant le hameau. David Desmarais et Angélina acceptèrent l'invitation de réveillonner chez les Beauchemin. Angélina n'avait jamais connu de plus heureux Noël. « Quel beau Noël ! » ne cessait-elle de dire en son cœur où une joie dévotieuse se confondait avec l'image du Survenant.

À leur arrivée dans la maison, Venant dormait sur sa chaise. Il sursauta en même temps que Z'Yeux-ronds et tout d'un bond il fut debout. Une fois la mèche de la lampe levée, une exclamation jaillit de la bouche d'Alphonsine :

— Où c'est que vous avez pêché ce fauteuil-là, dans le monde ?

Le fauteuil que venait de quitter Venant, un véritable fauteuil voltaire, aux pattes moulurées et au dos incurvé comme pour mouler le corps, avec des défauts qui dénotent la main de l'artisan, trônait près du poêle.

Encore endormi Venant dit en bâillant :

— Pas rien que le père Didace et Amable qui auront leur chaise dans la maison. Moi aussi j'aurai la mienne.

On parla de la messe de minuit, du beau chant, de la crèche, mais comme d'eux-mêmes les propos revenaient sans cesse au fauteuil. Chacun voulut l'essayer. On s'y carrait. Il semblait épouser le dos de la personne. David Desmarais ne faisait que répéter : « J'ai rarement vu une aussi bonne chaise. Ah ! cré bateau ! c'est de l'ouvrage fine ! »

— Tu pouvais ben te vanter de savoir travailler le bois, remarqua Ludger Aubuchon.

Phonsine, occupée à tremper le ragoût de boulettes, lâcha soudain la cuiller à pot pour se camper devant le Survenant :

— Ah ! c'était ça, le grand secret d'avant Noël que tu cherchais tant à me cacher ?

Angélina voulait tout savoir de la façon et du rembourrage. Venant ne pouvait répondre à tout le monde à la fois. Il expliqua :

— Je l'ai rembourré de quenouille avec des sacs vidant de gros sel. Ça sent le bord de l'eau, vous trouvez pas ?

Angélina ajouta :

— Je connais des dames anglaises, à Sorel, qui donneraient gros d'argent pour faire réparer leurs anciens meubles par vous.

Alphonsine s'extasia :

— Aïe, mon beau-père, entendez-vous ce que dit Angélina ?
Mais Marie-Amanda donnait le signal de se mettre à table. Après la longue course au grand air, chacun réveillonnerait de bon cœur et de bel appétit. Au moment de s'asseoir, il y eut une minute de forte émotion devant la place vide de Mathilde : depuis sa mort personne ne l'avait occupée. Marie-Amanda alla chercher sa petite et l'y installa : une feuille tombe de l'arbre, une autre feuille la remplace.

10

ENTRE Noël et le jour de l'An, le temps se raffermit ;
il tourna au froid sec et promettait de se maintenir ainsi
jusqu'après les fêtes. Le chemin durci crissait sous les
lisses de traîneaux. Chaque nuit les clous éclataient dans les
murs et, crispés, les liards pétaient autour de la maison. Le
père Didace en augura du bon. Il dit au Survenant :

— Si le frette continue, le marché des fêtes nous sera pro-
fitable !

De grand matin, le vendredi suivant, veille du premier
janvier, les deux hommes se mirent en route pour Sorel. Le
pont de glace était formé sur le fleuve. Les habitants des îles
du nord ne tarderaient pas à se rendre au marché, avec les
coffres de viande. On se disputerait les bonnes places.

Sans respect pour sa charge, Gaillarde, les oreilles dressées,
partit bon train. Didace dut la retenir :

— Modère donc, la blonde ! Modère, la Gaillarde. Tu t'en
vas pas aux noces, à matin. Prends ton pas de tous les jours.
On a du temps en masse.

Docile au commandement, la jument assagit son trot. Souvent le Survenant demandait à conduire mais le maître cédait
rarement les guides. Didace les enfila en collier et ne dit plus

un mot. Déjà le frimas hérissait sa moustache et blanchissait les naseaux de la bête.

Dans le matin bleu, de rares étoiles brillaient encore par brefs sursauts. À droite l'espace blanc s'allongeait, moelleux et monotone, coupé seulement par la silhouette sévère des phares et des brise-glace ; mais à gauche, des colonnes de fumée révélaient la présence des maisons effacées dans la neige comme des perdrix tapies dans la savane. De loin en loin un berlot rouge rayait l'horizon. L'espace d'un instant, on entrevoyait sur l'arrière un goret éventré, l'œil chaviré, levant au ciel ses quatre pattes gelées dur. Puis absorbé par la route, le traîneau se joignait au faible cortège matinal, sur le chemin du roi.

Avant même l'angélus du midi, ils eurent vendu leurs provisions. Didace chargea le Survenant d'en livrer une partie au Petit Fort. Peu à peu le marché se vidait. Les derniers clients s'affairaient autour des voitures et des éventaires. Les habitants avaient vite fait de distinguer parmi eux l'engeance des marchandeurs pour qui ils haussaient les prix avant de leur accorder un rabais. Afin de se montrer gais à pareille époque, plusieurs cherchaient quelque joyeuseté à dire et, à défaut, donnaient à propos de rien de grandes claques dans le dos de leurs connaissances qui sursautaient plus que de raison. L'un d'eux pausa près de la voiture des Beauchemin et dit à haute voix, surveillant l'effet de ses paroles, à la ronde :

— Ma femme a pas de compliments à vous faire sur le bœuf que vous m'avez vendu, la semaine passée : elle dit qu'elle a assez de moi.

Le rire vola, d'une voiture à l'autre, tandis que les hommes, pour activer le sang, trépignaient le sol dur et se frappaient les mains à travers leurs mitaines de peau de cochon. Une femme les entendant rire, s'approcha pour mettre son grain dans la conversation :

— Ah ! vous autres, vous êtes bien heureux, les cultivateurs ! Ça se voit : vous faites rien que rire...

Didace protesta :

— Eh oui ! Puis qui c'est qui vous dit qu'on est des cultivateurs ? Je peux ben être rien qu'un habitant.

— Voyons, monsieur Beauchemin, c'est la même chose.

— Quoi ! Y a pourtant une grosse différence entre les deux : un habitant c'est un homme qui doit sur sa terre ; tandis qu'un cultivateur, lui, il doit rien.

— J'ai jamais lu ça nulle part.

— Ni moi non plus. Mais je le sais, même si c'est pas écrit dans l'almanach.

Incrédule, la cliente chercha vainement à démêler, dans le regard de Didace, la vérité d'avec la vantardise.

Le Survenant ne revenait pas. Didace l'attendit une bonne secousse. Puis il perdit patience. Tout à la fois sérieux et craintif de se laisser entraîner par lui à l'auberge, il se hâta de retourner au Chenal du Moine, pour ne pas déplaire à Marie-Amanda.

— Que l'yâble l'emporte ! Il s'en viendra par occasion. Et s'il en trouve pas, il marchera. Il connaît le chemin !

*
* * *

Le matin du premier de l'An, Venant n'était pas de retour. On avait trop à faire pour s'inquiéter de son absence. Seule Phonsine en passa la remarque. Les visites commenceraient d'un moment à l'autre. De fait, avant huit heures, des jeunes gens clenchèrent à la porte pour saluer la maisonnée :

> Bonjour le maître et la maîtresse
> Et tous les gens de la maison.
> Nous acquittons, cela nous presse,
> Notre devoir de la saison.

— Bonne et heureuse !

— Toi pareillement !

Des cris, des rires, de grands hélas ! des embrassades, des poignées de main, des vœux, des plaisanteries, pour se terminer par une tournée de petits verres, de beignets et de bonbons clairs, il y en eut jusqu'à l'heure de la grand'messe. Lorsque Marie-Amanda vit son père prêt à partir pour Sainte-Anne, elle lui recommanda :

— Mon père, tâchez de pas engendrer chicane à Pierre-Côme Provençal. Vous m'entendez ?

Didace la rassura. Plusieurs années auparavant, un matin du jour de l'An, Pierre-Côme Provençal, la main ouverte, s'était avancé vers Didace Beauchemin, sur le perron de l'église, après la messe : « Bonne année, Didace ! » Mais Didace, dédaignant la main de son voisin, lui demanda à brûle-pourpoint : « M'as-tu déjà traité de tricheux, toi ? As-tu dit que j'ai visité tes varveux, l'automne passé ? » — « J'm'en rappelle pas, mais j'ai dû le dire. » — « D'abord que c'est de même, tu vas me faire réparation d'honneur ! » Les paletots de fourrure lancés sur la neige le temps de le dire, les deux hommes, d'égale force, se battirent à bras raccourcis, à la vue de toute la paroisse réjouie du spectacle gratuit, jusqu'à ce que Didace, le cœur net, jugeât son honneur vengé et serrât la main de Provençal.

— Bonne année, mon Côme !

— Toi pareillement, Didace !

Mathilde Beauchemin avait la bataille en horreur. En apprenant la chose, elle dit :

— J'ai jamais vu deux hommes si ben s'accorder pour se battre et si peu pour s'entendre.

Après quinze ans, au jour de l'An, elle faisait encore à son mari la recommandation que Marie-Amanda, à son exemple, trouva naturel de répéter.

Les visites et les tournées de petits verres s'échangèrent jusqu'au soir, à intervalles de plus en plus espacés et par rasades de moins en moins fortes. Sur la fin de la journée, Bernadette Salvail arriva, laconique et mystérieuse à dessein.

— Tu nous caches quelque chose, devina Phonsine.

Après d'inutiles protestations, elle finit par avouer que ses parents donneraient un grand fricot le lendemain soir ; ils attendaient pour l'occasion de la parenté de Pierreville, d'un peu partout, même du nord.

— Tout le monde du Chenal est invité, les demoiselles Mondor avec. Et le Survenant, ben entendu, ajouta-t-elle.

Là-dessus Phonsine s'empressa d'observer :

— Tu parles en pure perte quant à lui : il est disparu du Chenal, peut-être ben pour tout de bon.

— Avance donc pas des chimères semblables, lui reprocha le père Didace.

Les fréquentes tournées le rendaient susceptible ; de plus il commençait à regretter de ne pas avoir attendu Venant, la veille. La bru voulut s'asseoir dans le fauteuil voltaire, mais la fit se lever :

— Assis-toi pas là. Tu sais à qui la chaise appartient ? Gardes-y sa place au moins. Personne boit dans ta tasse.

Sur l'heure du midi, le lendemain, la première voiture à revenir au Chenal après la grand'messe ramena le Survenant. Une bosse au front et le côté droit de la figure passablement tuméfié, il ne dit pas un mot. Phonsine gardait seule la maison. En l'apercevant, elle le gronda :

— Oui, sûrement, te v'la ben équipé pour à soir ? Tu sais que Bernadette Salvail donne sa grand'veillée ?

Toutefois elle l'entoura de soins, cherchant à le tenter à prendre un peu de nourriture ou à lui appliquer un morceau de viande crue sur l'œil. Il refusa tout.

— Ah ! neveurmagne !

Alors elle se hâta de le faire coucher avant l'arrivée des autres.

— Tâche de te renipper pour à soir, Survenant !

*
*   *

Dès le seuil de la porte, la chaleur de la salle basse de plafond, après le frimas du dehors, accueillait les groupes d'invités chez Jacob Salvail. Puis un arôme de fines herbes, d'épices, de nourriture grasse, avec de bruyantes exclamations, les saluaient :

— Décapotez-vous ! Décapotez-vous ! Les créatures, passez dans la grand'chambre ôter vos pelisses.

À tout moment des femmes, emmitouflées jusqu'aux yeux et dont il était impossible de deviner l'âge, pénétraient dans la chambre des étrangers. Elles n'en finissaient plus de se débarrasser de leurs grands bas, de leurs nuages de laine, de leurs crémones, de leurs chapes. Alors on reconnaissait des figures de jeunes filles, d'autres ayant passé fleur depuis longtemps et jusqu'à des vieillardes, les cheveux bien lissés et mises proprement dans leur spencer du dimanche, dépaysées au milieu de tant de monde.

Les jeunesses s'examinaient du coin de l'œil. Plusieurs étrennaient soit une matinée soit une jupe, quelques-unes une robe complète en alpaca ou en mérinos de couleur. Une cousine de Bernadette, de la côte nord, fit envie avec son corps de robe de Gros de Naples que sa mère avait reçu en présent de la seigneuresse de Berthier et qu'elle avait retaillé selon un modèle du Delineator. Toutes tenaient à paraître à leur avantage : les moins douées faisaient bouffer leur corsage et onduler leur jupe ; d'autres s'efforçaient d'aplatir de trop évidentes rondeurs ; d'autres enfin, d'un gauche retroussis, laissaient poindre un bas de jupon dentelé.

Du revers de la main les hommes essuyaient leur moustache avant de donner aux femmes qu'ils n'avaient pas embrassées, la veille, de gros becs sonores qui avaient goût de tabac. Les plus malins trichaient là-dessus. Ils les embrassaient par deux fois. Les femmes protestaient à grands cris, mais après coup seulement.

Les demoiselles Mondor cherchèrent en vain à esquiver les politesses du père Didace.

— Bonne année, Ombéline. Puis un mari à la fin de vos jours !

— Quoi, un mari ? Vous voulez dire le paradis, monsieur Beauchemin ?

— Mais, pauvre demoiselle ! Vous savez ben que l'un va pas sans l'autre !

Bernadette ne tenait pas en place. Apercevant son père qui embrassait l'autre demoiselle Mondor, elle cria à sa mère :

— Venez vite, sa mère !

Mme Salvail, facilement démontée, accourut, les bras inertes comme deux branches mortes, le long de son corps maigre :

— Mon doux ! quoi c'est qu'il y a encore ?

— Regardez votre beau Jacob, votre vieux qui voltige de fleur en fleur !

— Le mien ? Ah ! j'suis pas en peine de lui : Il va s'essouffler avant de cueillir la grosse gerbe.

On ne s'entendait pas parler tellement il y avait d'éclats de rire.

— Pensez-vous de pouvoir réchapper votre vie au moins, père Didace ?

— Inquiète-toi pas, Marie. J'vas commencer par me rassasier. Après je mangerai.

Les propos et les rires s'entrechoquaient.

— Donnez-y donc le morceau des dames, depuis tant de temps qu'il louche dessus.

— Où c'est qu'est le pain ? Où c'est qu'est le beurre ? demanda Pierre-Côme Provençal qui voyait l'un et l'autre hors de la portée de sa main.

Un peu figés au début du repas, ils avaient repris leur naturel et se régalaient sans gêne. Maintenant ils étaient quinze attablés. La nourriture abondait comme à des noces. Entre la dinde, bourrée de far aux fines herbes à en craquer, à une extrémité de la table et, à l'autre, la tête de porc rôti avec des pommes de terre brunes alentour, il y avait de tous les mets d'hiver, surtout de la viande de volaille et de porc apprêtée de toutes les façons, avec çà et là, des soucoupes pleines de cornichons, de betteraves, de marmelade de tomates vertes et, en plus, des verres remplis de sirop d'érable et de mélasse où l'on pouvait tremper son pain à volonté.

Cependant Mme Salvail, en priant les gens âgés de s'asseoir à table, crut poli d'ajouter :

— Y a pas ben, ben de quoi, mais c'est de grand cœur.

Bernadette, de son côté, expliqua à la jeunesse :

— On va laisser le grand monde se régaler. Après, les jeunes mangeront en paix. Et je vous recommande le dessert :

il y a des œufs à la neige, de la crème brûlée, de la tarte à Lafayette, de la tarte à la ferlouche, de la tarte aux noix longues. C'est Angélina qui a préparé la pâte : de la pâte feuilletée, avec tous des beaux feuillets minces...

Angélina, confuse, lui fit signe de se taire. La saucière en main, elle offrait à chaque convive à table le gratin de la viande : « Une cuillerée de grévé ? » Elle passa près du Survenant. Celui-ci lui dit à mi-voix :

— Tâchez de me garder de quoi manger.

— Espérez ! lui répondit-elle, modestement, sans lever la vue.

Les filles du Chenal boudaient ostensiblement le Survenant de s'être dérobé, la veille, à la visite du jour de l'An ainsi qu'aux compliments d'usage et aux doux baisers. De belle humeur, il ne semblait pas s'apercevoir de leurs petits manèges. Avec plusieurs jeunes il prit place à la deuxième tablée. Angélina refusa d'en être :

— J'aime mieux servir. Je prendrai une bouchée tantôt.

Chaque fois qu'elle passait près du Survenant il lui réclamait son assiette. Il n'avait pas mangé depuis la veille et les verres de petit-blanc lui faisaient vite effet.

— Espérez ! lui répondit à tout coup l'infirme, comme incapable de trouver autre chose.

Il s'impatienta et voulut se lever, mais on le fit rasseoir :

— Pas de passe-droit. Tu mangeras à ton tour. T'es pas à l'agonie ? Et sois pas en peine du manger : il y en a tout un chaland.

— Je vous avertis que je mange comme un gargantua.

— Gar-gan-tua !

À leurs oreilles étonnées le mot prit le son d'une plaisanterie. Ils pouffèrent de rire. Mais Odilon Provençal s'en trouva mortifié :

— Parle donc le langage d'un homme, Survenant. Un gargantua ! T'es pas avec tes sauvages par icitte : t'es parmi le monde !

Ils rirent encore, le Survenant plus haut qu'eux tous. Amable pensa : « Il dit des choses qui ont ni son, ni ton, et il est trop simple d'esprit pour s'apercevoir qu'on rit de lui. »

Angélina approchait. Venant l'aperçut.

— Aïe, la Noire ! Veux-tu me servir pour l'amour de la vie ? Je me meurs de faim.

Ce premier tutoiement la remua toute. La voix un peu tremblante, elle dit :

— Si vous voulez ôter votre étoile de sur la table, je vous apporte une assiette enfaîtée.

— Mon étoile ?

— Oui, votre grande main en étoile...

Il vit sa main dont les doigts écartés étoilaient en effet la nappe. Il éclata de rire. Mais quand il se retourna pour regarder l'infirme, celle-ci avait disparu parmi les femmes autour du poêle.

— Angélina, Angélina, viens icitte que je te parle !

Un peu gris et soudain mélancolique, une voix questionna en lui : Pourquoi me suit-elle ainsi des yeux ? Pourquoi attache-t-elle du prix au moindre de mes gestes ?

Mais il avait faim et soif. Surtout soif. Puisqu'il ne pouvait boire, il mangerait. Il s'absorba à manger en silence. Une chose à la fois.

— Venant, rêves-tu ? Tu rêves ?

Il sursauta : Quoi ? quoi ?

— On te demande si t'as eu vent à Sorel du gros accident ?

— Quel accident ?

— Apparence que trente-quelques personnes ont péri dans une explosion à la station des chars du Pacifique, à Montréal.

— Ah ! oui. L'Acayenne m'en a soufflé mot, mais à parler franchement, je saurais rien vous en dire, pour la bonne raison que j'ai pas porté attention.

Une voix demanda :

— Qui ça, l'Acayenne ?

Le Survenant mit du temps à répondre :

— Une personne de ma connaissance.

Odilon reprit à mi-voix :

— Elle est sûrement pas du pays. Ça doit être encore quelque sauvagesse. Avec un faux côté, elle itou.

Instinctivement Marie-Amanda regarda vers Angélina. Mais l'infirme, comme intentionnée ailleurs, ne semblait rien entendre.

Le visage du Survenant se rembrunit. Il baissa la voix et dit :

— Je t'avertis, Provençal, laisse-la tranquille. Tu m'entends ? À partir d'aujourd'hui, laisse-la en paix ou t'auras affaire à moi. Tu comprends ?

Aussitôt Odilon se défila :

— Quoi, je parlais de ton canot...

Et s'adressant au reste de la tablée, il ajouta en riant jaune :

— Apparence qu'il y en a un qui a la peau courte, à soir ?

Au moment de se lever de table, Venant vit le commerçant de Sainte-Anne s'approcher d'Odilon. Il l'entendit lui murmurer :

— Je crés presquement que l'Acayenne, c'est une créature de la Petite-Rue, à Sorel.

À leur sourire complice, il devina l'intention méchante. Autant les trois autres fils de Pierre-Côme Provençal lui étaient sympathiques, autant Odilon lui déplaisait. Les poings lui démangeaient de s'abattre sur ce gros garçon suffisant comme son père. À la prochaine attaque, il ne s'en priverait point. Et si l'occasion tardait trop, il saurait bien la provoquer.

Les hommes âgés s'étaient réfugiés à un bout de la salle où la fumée de leur pipe les isolait comme dans une alcôve. L'un, qui n'était pas de la place, demanda en montrant le Survenant :

— Il doit être pas mal fort ?

Sans laisser à Didace le temps de parler, quelqu'un du Chenal répondit :

— En tout cas, il agit pas comme tel, il cherche pas à se battre.

Didace protesta : « C'est en quoi ! »

— Comment ça ?

— S'il est si pacifique, c'est qu'il en a les moyens.

Le Survenant avançait une chaise pour prendre place parmi eux. À leur air, il comprit qu'il était question de lui. La chaleur et la bonne chère leur enlevaient tout penchant à la discussion. Ils se remirent à causer nonchalamment. Dans une trame molle, les propos se croisaient sans se nuire, comme les fils lâches sur un métier, chaque sujet revenant à son tour : l'hiver dur, les chemins cahoteux, la glace, les prochaines élections, l'entretien des phares qui changerait de mains si le parti des Bleus arrivait au pouvoir...

88

Ils devinrent silencieux, comme de crainte de formuler le moindre espoir en ce sens. Soudain l'un résuma tout haut l'ambition secrète de la plupart d'entre eux :

— Tout ce que je demande, c'est un petit faneau à avoir soin : le petit faneau de l'Île des Barques, par exemple. Ben logé. Ben chauffé. De l'huile en masse. Trente belles piastres par mois à moi. Rien qu'à me nourrir, et à me vêtir, me v'là riche !

— Puis un trois-demiards pour te réjouir le paroissien de temps à autre ?

— Eh ! non, un rêve !

— Puis la visite de ta vieille par-ci, par là, pour réchauffer ta paillasse ?

L'homme jeta un regard furtif du côté des femmes, afin de s'assurer que la sienne était loin, avant de répondre crânement : « Ouais, mais pas trop souvent ! »

— Moi, dit le père Didace, quand je serai vieux, je voudrais avoir une cabane solide sur ses quatre poteaux, au bord de l'eau, proche du lac, avec un p'tit bac, et quelques canards dressés dans le port...

— Je te reconnais ben là, mon serpent, conclut Pierre-Côme. Pour être loin du garde-chasse et aller te tuer un bouillon avant le temps, hein ?

— Quand est-ce qu'un homme est vieux, d'après vous ? demanda le Survenant, amusé.

L'un répondit :

— Ah ! quand il est bon rien qu'à renchausser la maison.

Un autre dit :

— Ou ben à réveiller les autres avant le jour.

Didace Beauchemin parlait plus fort que les autres :

— Mon vieux père, lui, à cinquante-cinq ans, allait encore aux champs comme un jeune homme.

— Comme de raison, un habitant qui vit tout le temps à la grand'air, sur l'eau, la couenne lui durcit plus vite qu'à un autre. Il peut être vieux de visage, sans être vieux d'âge et sans être vieux de corps.

La conversation languit. Parfois l'un s'interrompait au milieu d'une phrase pour exhaler un profond soupir, plus de l'estomac que du cœur, et les mains lâchement croisées sur sa panse gonflée, il remarquait à la ronde, mais uniquement à l'intention de Jacob Salvail : « J'ai ben mangé ». D'un signe du menton les autres participaient à l'hommage que l'hôte acceptait en silence comme son dû.

Les femmes, à la relève, donnaient un coup de main, soit pour servir, soit pour essuyer la vaisselle. Elles tenaient à honneur d'aider et l'une et l'autre s'arrachaient un torchon. Inquiète, Mme Salvail allait s'enquérir çà et là si rien n'avait cloché. Au moment où on la rassurait en lui prouvant combien le repas était réussi, Eugène, le benjamin de la famille, s'avança, armé d'une fourchette, jusqu'au milieu de la table pour y piquer un beignet et fit ainsi chavirer le plateau. Sur le point de tomber, afin de se protéger, il mit l'autre main dans le compotier d'où les confitures éclaboussèrent quelques invités.

Bernadette, furieuse, cria comme une perdue :

— Son père ! regardez votre beau Eugène, et le dégât qu'il vient de commettre. Il mériterait de manger une bonne volée. À votre place, je le battrais comme du blé.

Jacob Salvail n'enfla pas même la voix. Pour toute réprimande il remarqua tranquillement : « Si tu voulais des confitures, Tit-gars, t'avais qu'à le dire. Pas besoin de sauter dedans à pieds joints. »

Durant le court répit entre le repas et les amusements de la veillée, les jeunes filles montèrent dans la chambre de Bernadette. Tout en refrisant leurs cheveux, elles se consultèrent : Jouerait-on d'abord à la chaise honteuse ? À cache, cache, la belle bergère ? À mesurer du ruban, aux devinettes, ou à l'assiette ? tel que le souhaitait vivement la maîtresse d'école qui excellait à recueillir des gages et à inventer des pénitences.

Catherine Provençal savait plusieurs chansons. Elle proposa :

— Si l'on chantait plutôt ? On aura assez chaud à danser tantôt, sans commencer par des jeux, il me semble.

— À votre aise, consentit Bernadette qui avait déjà arrêté son plan. C'est vrai que ça prendra pas goût de tinette pour qu'on danse. Quoi c'est que t'en penses, Marie ?

Marie Provençal tressauta. Le dos tourné aux autres, dans la ruelle, entre le lit et le mur, elle venait de tirer de son bas de cachemire un morceau de papier de soie rouge, et de son doigt mouillé, s'en fardait légèrement les joues.

Rose-de-Lima Bibeau se mit à chanter :

> *Mademoiselle,*
> *Fardez-vous belle*

— Descendons, dit Bernadette.

Sur les marches de l'escalier étroit, les garçons se contaient des histoires grivoises. À l'approche des filles, ils rougirent et se dispersèrent telle une nuée d'étourneaux.

— Une chanson, une chanson, pour nous divertir, ordonna Bernadette.

De son coin le Survenant entonna :

> *Pour un si gros habitant*
> *Jacob pay' pas la trait' souvent*

Sans prendre le temps de souffler, sur le même ton, Odilon Provençal qui, ainsi que ses trois frères, ne buvait jamais une goutte de liqueur alcoolique, répondit :

> *Tu mérites pas même un verre*
> *De piquett' ou de gross' bière.*

Les rires calmés, Bernadette annonça à la ronde :

— Le Survenant va nous chanter une chanson.

— Ah ! non. J'ai pas ça dans le gosier, à soir.

— Mais, Survenant, vous pouvez pas me refuser. Ça serait me faire un trop grand affront.

Désarmées par son indifférence envers elles, plusieurs filles du Chenal entourèrent Venant :

— On vous connaît, Survenant : c'est rien qu'une défaite...

— Chantez ! On veut vous entendre à tout prix.

— Quoi c'est que vous voulez que je vous chante ?

— La chanson de votre cœur, Grand-dieu-des-routes !

— De mon cœur ? Savez-vous si...

— Dites-en rien, interrompit Phonsine : c'est un chétif métier de parler en mal des absents.

— Phonsine ! lui reprocha le Survenant, vas-tu te mêler d'être pointeuse, la petite mère ?

Mais pendant que les autres riaient fort, il dit à Bernadette de façon à être entendu d'elle seule : « Paye-moi un coup, ma belle, et je chanterai. » — « Après », lui répondit-elle, saisie. — « Non, de suite pour m'éclaircir la voix. Autrement je chante pas. »

Un peu interdite, mais séduite par l'idée d'être seule avec le Survenant pendant quelques instants, Bernadette se faufila

jusqu'à la grand'chambre. Peu après il la suivit et poussa la
porte. En silence elle tira la cruche de caribou cachée à côté
du chiffonnier et lui tendit un verre. Il l'emplit jusqu'au bord
puis, comme avec des gestes tendres, le porta à ses lèvres. Il
but une gorgée et, sans attendre que son verre fût vide, le remplit de nouveau. Par deux fois il recommença, comme par
crainte d'en manquer. Bernadette le regarda faire, étonnée.
Sûrement elle avait souvent vu des hommes, au Chenal du
Moine, boire de l'eau-de-vie. Ils l'avalaient d'une seule lam-
pée. Plusieurs frissonnaient, grimaçaient même après, la trouvant méchante et ne l'absorbant que pour se réchauffer ou se
donner l'illusion de la force ou de la gaieté.

Le Survenant buvait autrement. Lentement. Attentif à ne
pas laisser une goutte s'égarer. Bernadette ? Il se souciait bien
d'elle. Bernadette n'existait pas. Il buvait lentement et amou-
reusement. Il buvait avidement et il buvait pieusement. Tantôt
triste, tantôt comme exalté. Son verre et lui ne faisaient plus
qu'un. Tout dans la chambre, dans la maison, dans le monde
qui n'était pas son verre s'abolissait. On eût dit que les traits
de l'homme se voilaient. Une brume se levait entre Bernadette
et lui. Ils étaient à la fois ensemble et séparés. « Quel safre ! »
pensa-t-elle, indignée de le voir emplir son verre une quatrième
fois. Mais en même temps elle éprouvait de la gêne et de la
honte et aussi l'ombre d'un regret inavoué : le sentiment pénible d'être témoin d'une extase à laquelle elle ne participait
point.

— T'en viens-tu, la belle ?

Bernadette fit signe que non, la gorge serrée, incapable de
parler. D'ailleurs elle n'avait rien à lui dire. Quand il eut quitté
la chambre, elle voulut se ressaisir : « J'aurais bien de la grâce
de m'occuper de lui. Qu'il boive donc son chien-de-soul s'il le
veut ! Ça peut pas rien me faire ». Elle pensa à apporter de

l'eau pour réduire le caribou, mais son père ne le lui pardonne-
rait pas. De ses yeux embrumés, une grosse larme roula sur le
col de la cruche. Dans la cuisine le Survenant chantait :

> *Là-haut, là-bas, sur ces montagnes,*
> *J'aperçois des moutons blancs,*
> *Beau rosier, belle rose,*
> *J'aperçois des moutons blancs,*
> *Belle rose du printemps.*

Sa voix n'était pas belle ; elle n'avait rien d'une voix
exercée et pourtant elle parlait au cœur. Dès qu'elle s'élevait
il fallait l'écouter sans autre occupation : les mains se déjoi-
gnaient. Chacun alors se laissait emporter par elle sur le chemin de son choix, un chemin où chacun retrouvait, l'attendant,
chaud d'ardeur, l'objet de son rêve : des terres grasses, fécon-
des, ou un petit faneau à avoir soin, ou un visage bien-aimé,
ou une mer de canards sauvages...

> *Si vous voulez, belle bergère,*
> *Quitter champs et moutons blancs,*
> *Beau rosier, belle rose,*
> *Quitter champs et moutons blancs,*
> *Belle rose du printemps.*

Se pouvait-il qu'il y eût de par le vaste monde une bergère
assez cruelle pour refuser l'amour d'un berger si vaillant ? Ce
n'était pas sûrement une fille des plaines. Les cœurs s'en serraient et s'en offensaient à la fois. Adossée au chambranle de
la porte, une femme, du coin du torchon de vaisselle, écrasa
sans honte une larme sur sa joue.

> *La belle m'a dit oui sans peine*
> *Au bout de très peu d'instants,*
> *Beau rosier, belle rose...*

Mais un beau danseur s'élança avant la fin du dernier couplet. Il préférait à une bergère de chanson, c'était visible, quelque grasse fille hanchue qu'il pouvait cambrer sous son bras agile :

— En avant, l'accordéon, puis la musique à bouche ! Vite une gigue, puis un rigaudon !

> *Way down de Gatineau*
> *Where de big balsam grow...*

Les chaises s'écartèrent. Le plancher cria sous le martèlement des durs talons des hommes. Un tournoiement de jupes fit rougeoyer le milieu de la pièce. Déjà un « calleur » de danses annonçait les figures en scandant les syllabes : Sa-lu-ez vot' com-pa-gnée !... Ba-lan-cez vos da-mes !

Le bruyant cotillon s'ébranla.

Vire à gauche ! Peu habitués à la danse qu'ils n'aimaient point, les garçons du Chenal s'essoufflaient vite et suaient à grosses gouttes. D'un geste brusque ils arrachaient le mouchoir accroché sous leur menton et, à grands coups, s'en essuyaient le visage. Ils en tiraient une sorte de fierté :

— Aïe ! Regarde-moi donc : j'suis mouillé quasiment d'un travers à l'autre !

— Ben tu m'as pas vu ! J'suffis pas à m'abattre l'eau !

Et tourne à droite ! Vitement ils emboîtaient le pas, de peur de perdre la mesure et de se rendre risibles, par leur gaucherie, aux yeux des filles. De nouveau ils leur enserraient la taille comme dans un étau. Du rire franc plein les yeux, elles renversaient la tête et tournaient sans gêne comme sans effronterie.

Ensuite les danseurs se placèrent en rond autour de la salle et les mains des filles se joignirent aux mains des garçons pour la chaîne des dames. Dans une brève étreinte, les mains, l'une après l'autre, disaient ce que souvent les lèvres n'osaient pas formuler. En leur langage naïf, les mains, plus éloquentes que les voix, parlaient d'accord, d'amitié éternelle ou bien d'indifférence.

Le musicien prenait plaisir à prolonger le cotillon. Il étirait l'accordéon en des sons alanguis. Mais au moment où les couples, formés selon leur sentiment, s'élançaient pour la valse finale, il repliait son instrument à une allure endiablée et obligeait les danseurs à retourner à la chaîne.

Le cotillon durait encore lorsqu'un enfant tout effarouché cria dans la porte :

— Venez vite voir deux hommes se battre à ras la grange. Y a une mare de sang à côté comme quand on fait boucherie !

— Mon doux Jésus !

Avant même de savoir ce qui en était, Mme Salvail, obsédée par l'idée qu'elle souffrait de pauvreté de sang, s'affala sur une chaise, prête à perdre connaissance.

— Je me sens faible. Je pense presquement que j'vas faire la toile.

Les autres femmes, renseignées sur la nature de son mal, aux trois quarts imaginaires, n'en firent pas de cas. Déjà échelonnées derrière la fenêtre, elles s'efforçaient de voir au dehors, mais elles réussirent à peine à racler dans le givre de la vitre un rond de la grandeur de la main. Les hommes, eux, afin d'accourir plus vite sur les lieux, se coiffèrent du premier casque à la vue. Ainsi des têtes grotesques, ou perdues dans des coiffures trop larges, ou débordant de coiffures étroites, se montraient un peu partout, sans provoquer même l'ombre d'un sourire.

Soudain Eugène Salvail bondit dans la porte, comme un poulain qui a déserté le pré : « C'est... c'est... Odilon Provençal qui se bat avec le Survenant ! »

Alphonsine, toute démontée, poussa du coude Marie-Amanda :

— Quoi c'est que Pierre-Côme Provençal va penser ?

Mais on n'entendait que la voix de crécelle de **Laure Provençal** qui grinçait d'indignation :

— Aussi, pourquoi garder ce survenant de malheur ? Pour voir si on avait besoin de ça au Chenal du Moine ! Mais il jouit de son reste. Attendez que mon vieux l'attrape par le chignon du cou : il va lui montrer qui c'est le maire de la place.

La colère la fit blêmir. Tout en parlant, elle arracha une chape — prête à enjamber les bancs de neige, prête à se battre à poings nus, prête à verser la dernière goutte de sang de son cœur pour épargner une égratignure à son enfant : un homme. Ses filles tentèrent vainement de la retenir. Dans le sentier conduisant à la grange, elle trébucha. À ses cris auxquels il ne pouvait se méprendre, Pierre-Côme lui ordonna de rentrer à la maison.

Aussitôt elle obéit. Cependant elle trouva le tour de crier au père Didace :

— Garder un étranger de même, c'est pas chanceux : celui-là peut rien que vous porter malheur. Que je le rejoigne jamais dans quelque coin parce que je l'étripe du coup ! J'aime mieux vous le dire.

Didace ne l'entendit même pas. Une grosse joie bouillonnait en lui avec son sang redevenu riche et ardent. Sa face terreuse sillonnée par l'âge, ses forces en déclin, son vieux cœur labouré d'inquiétude ? Un mauvais rêve. Il retrouvait sa jeune force intacte : Didace, fils de Didace, vient de prendre possession de la terre. Il a trente ans. Un premier fils lui est né. Le règne des Beauchemin n'aura jamais de fin.

C'était lui qui se battait à la place du Survenant. Ses muscles durcissaient sous l'effort. L'écume à la bouche et la tête au

97

guet, les jambes écartées et les bras en ciseaux, il affrontait l'adversaire. V'lan dans le coffre ! Ses poings, deux masses de fer, cognaient dur, fouillaient les flancs de l'autre. Les coups qu'il aurait portés, le Survenant les portait. Vise en plein dans les côtes. Tu l'as !

Au clair de lune, le gros corps d'Odilon, pantelant comme un épouvantail, oscilla. Au murmure des voix proches, le père Didace s'éveilla :

— Un maudit bon homme, le Survenant !

— Quoi ! on n'a qu'à lui regarder l'épaisseur des mains. Il est encore une jeunesse. Ça se voit.

— Paraît que Didace l'encourage à se battre.

— Quiens ! c'est son poulain...

Didace se sentit fier et un reste de joie colla à lui. Au contraire des femmes, les hommes ne prirent pas la bataille au tragique. Nul ne songea à la faire cesser. À un combat loyal qu'y a-t-il à redire ? À leur sens, elle ajouta même à la soirée un véritable agrément. À l'occasion, ils sauraient bien tirer encore des moments de plaisir à s'en entretenir. Sauf Pierre-Côme Provençal, vexé dans son orgueil de voir un de la paroisse, à plus forte raison son fils, recevoir une rincée aux mains d'un étranger qu'il tenait pour un larron, par le fait même qu'il ignorait tout de lui.

Donc le Survenant grandit en estime et en importance aux yeux de plusieurs, surtout parmi les anciens, premiers batailleurs en leur temps. Cependant ceux qui, tel Amable, ne l'aimaient pas d'avance le haïrent davantage de le savoir non seulement adroit à l'ouvrage et agréable aux filles, mais encore habile à se battre et aussi fort qu'un bœuf.

11

PERSONNE ne se soucia d'expliquer comment la bataille avait commencé entre Odilon et le Survenant. Quand l'un pour l'avantage de faire le connaissant, prétendit en savoir le premier mot, aussitôt on le cerna de questions. Tellement qu'il se débattit plus que sept fois le diable dans l'eau bénite et que, du coup, la mémoire lui en échappa.

Toutefois, à partir de ce jour, il fut bien compris au Chenal du Moine que quiconque se moquerait d'Angélina Desmarais devrait des comptes au Survenant, qui désormais passa pour le cavalier de l'infirme.

Mais les veillées chez les Beauchemin ne reprirent pas au même rythme. La plupart s'abstinrent de retourner chez Didace, de manière à laisser aux choses, comme à l'eau brouillée, le temps de déposer la lie. À peine si les Beauchemin s'aperçurent du changement. Avec les jours imperceptiblement plus longs, l'ouvrage se prolongeait dans le fournil jusqu'au soir. Chacun y avait maintenant libre accès. Depuis que, par les soins d'Angélina, des dames de Sorel lui avaient confié leurs anciens meubles à réparer, Venant s'était mis à débiter et à ouvrer de belles pièces et à y façonner toutes sortes d'objets de bois.

De semaine en semaine, le Survenant prenait le ton du commandement, à la connaissance du père Didace qui semblait approuver le nouvel état de choses. Souvent les deux hommes en grande amitié transportaient les effets à Sorel. Rarement en revenaient-ils de clarté. Amable et Alphonsine s'inquiétaient bien de ce qu'ils pouvaient bretter là si tard, mais ils n'en disaient trop rien : grâce au métier du Survenant auquel peu à peu il les associa, de même qu'Angélina, quant aux travaux exigeant la patience d'une femme, l'argent entrait plus que jamais, l'hiver, dans la maison. Ils en vinrent, ainsi que Didace, à considérer le commerce de meubles comme une partie permanente de la terre, et Alphonsine songea à acquérir un graphophone ou tout au moins à échanger le poêle contre un autre, plus moderne, plus léger, un « Happy Thought » par exemple, dont elle aurait grand plaisir à polir les ronds d'acier. Didace s'était toujours refusé à se séparer du vieux poêle : massif et énorme, et assez dur à réchauffer, une fois pris cependant, il répandait une douce chaleur par toute la maison. Puis l'été, quand on allait vivre au fournil, il servait à abriter les fourrures contre les mites. Mais maintenant Didace consentirait sûrement à vendre le gros poêle.

Le temps passait si vite qu'on ne le voyait pas. On fut presque étonné, un soir, d'apprendre de la bouche du commerçant de Sainte-Anne que plus bas la glace se trouvait par endroits. L'hiver tirait donc au reste ?

Ce fut vers le même temps que l'ouvrage manqua. Quant à entreprendre des meubles nouveaux, il ne restait pas de bois pour la peine. Le Survenant se mit à calculer sur un bout de papier :

— Avec vingt-quatre piastres et cinquante-sept cents, je pourrais aller à Montréal faire des marchés et acheter les outils qu'il me faut.

Didace fit le saut, mais loin de dire oui, il passa la porte sans prononcer une parole, ni dans un sens, ni dans l'autre. Les jours suivants, le Survenant ne tint pas en place. Oisif, rembruni, silencieux, il tournait en rond dans la maison ou ravaudait aux alentours, furetant dans tous les coins, à la recherche d'on ne savait trop quoi. Un jour, il découvrit dans le cabanon une vieille paire de raquettes qu'il voulut remettre en bon état. Il montra, à retresser le nerf, une adresse rare, et inconnue des gens du Chenal.

— De qui c'est que t'as appris ça, Survenant ? lui demanda Amable.

— De personne. Mon père, mon grand-père, mon arrière-grand-père l'ont appris pour moi.

Sans se lasser, Didace le regardait travailler. Une fois de plus l'origine de l'étranger l'obséda. Serait-il descendant d'Indien, ainsi que le prétendait Provençal ? Sa complexion de highlander le niait, mais son habileté et diverses caractéristiques l'affirmaient comme tel.

— Qui c'était ton grand-père, Survenant ?

— Mon grand-père ? Je vous l'ai déjà dit : c'était un vieux détourreux comme vous.

Pour en prendre le tour, Amable lui fit recommencer la même opération. À la quatrième fois, Didace s'impatienta :

— Bon gueux ! Amable, que t'as la tête dure ! Ben plus dure que le chat ! Le Survenant va le montrer à Z'Yeux-ronds et tu prendras tes leçons de lui.

Le Survenant reprit :

— Il faut qu'un homme le fasse par exprès pour être gauche de ses mains. Regarde donc autour de toi, Amable. Tous les êtres ont quelque chose que t'as pas et ils savent s'en servir. Z'Yeux-ronds peut courir à toutes jambes, une nuit de temps quand il mouille, sans se cogner sur rien, mais il n'a pas de mains. Toi, tes mains ont un nez et des yeux de chien, et tu sais pas seulement t'en servir. Penses-tu que Z'Yeux-ronds irait quérir les vaches dans la brume, s'il agissait comme t'agis avec tes mains ?

*
* *

Une grisaille sans fin s'étendit sur les champs. Les hommes plus lents à se mouvoir, on eût dit, en portaient le reflet. Une journée, un petit vent, à peine un souffle, passa et repassa au Chenal. Il se posait à peine, comme une main douce, sur les visages.

— C'est-il le printemps, quoi !

Le lendemain, un vent bourru tempêta partout à la fois. Il coucha les balises et fit onduler sur la plaine de grandes vagues de neige sèche.

— Un vent traître, hé, Didace ? Il a le courage de nous pénétrer jusqu'à la moelle des os.

— Ah ! j'ai vu l'heure qu'il me dépècerait la face comme avec un couteau.

Puis de nouveau l'air s'affina. Le soleil chauffait un peu plus tôt et un peu plus longtemps, chaque jour. Maintenant, au lieu de lisses bleues sur les routes de neige fraîche, une eau brunâtre stagnait, vers l'heure du midi, dans les roulières cahoteuses, tout le long du Chenal.

Vers la fin de mars, à l'approche du coup d'eau, les anciens, hantés par le souvenir des inondations, comme d'un commun accord se mirent à parler du vieux temps. Un soir, Didace, pour tirer du silence le Survenant, évoqua l'épouvantable débâcle du mercredi saint de 1865. Il décrivit le fleuve changé en furie par la crue des eaux et la violence dans le vent, happant des vies à la douzaine, puis des bâtiments, puis des arbres séculaires, puis d'une bouchée une bande de vingt-cinq pieds de terre, sur une longueur de quarante arpents, à même l'Île Saint-Ignace.

Le Survenant ne broncha pas.

Didace raconta la belle histoire de cette jeune femme de vingt ans, sainte et héroïque paysanne qui, sur le point d'accoucher, supplia son mari au plus fort de l'inondation, de l'abandonner à la mort et de se sauver avec les deux autres enfants. Son nom ? Une Lavallée.

Le Survenant ne broncha pas.

Didace fit le récit du sauvetage de Gilbert Brisset qui vit sa maison se séparer en deux, puis sa femme, son enfant, sa mère, deux frères, quatre sœurs, se noyer sous ses yeux ; comment Olivier Bérard le trouva agrippé au tronc d'un jeune frêne, le corps à l'eau glacée, à tous les vents, depuis huit heures de temps.

Les yeux agrandis, Alphonsine écoutait avidement. Certes elle connaissait par cœur l'histoire de la terrible inondation. Mais de fois en fois elle lui semblait embellie, car le père Didace ne la racontait jamais de la même façon et il trouvait toujours quelque nouveau détail à y ajouter.

Mais le Survenant, lui, ne bronchait pas.

Alors Didace, pour montrer les fantaisies du hasard, parla de Louis Désy :

— En effet, je vous ai jamais conté ce qui est arrivé à Tit-Ouis. Pour pas se neyer Louis Désy s'était jouqué à la tête d'un arbre. Et le vent le faisait pencher tantôt d'un bord, tantôt de l'autre bord, ni plus ni moins que comme une branche de saule. C'était déjà loin d'être drôle, quand tout d'un coup, il voit sa maison que la rivière charrie. Mais c'est pas tout : il y avait sa femme et sa fille dedans : « Adieu, ma femme. Adieu, ma fille », qu'il dit en reniflant, tout en levant les bras au firmament. « À c't'heure je vous reverrai plus, rien que dans le paradis. » Et sitôt dit, il ferme les yeux, pour pas les voir péries. Mais les deux créatures — comme de raison elles comprennent de travers — au lieu de répondre : « Adieu, au ciel ! », se mettent à grimper dret au haut du pignon. De sorte que quand Louison ouvre les yeux, qui c'est qu'il voit, à cheval sur la maison ? Sa fille, et sa vieille ben en vie qui lui crie : « Bonjour, mon cher Tit-Ouis. »

Le Survenant ne broncha pas.

Mais soudain, sans même lever la vue, il se mit à parler à voix basse, comme pour lui-même, de l'animation des grands ports quand ils s'éveillent à la vie du printemps, et surtout du débardage, un métier facile, d'un bon rapport, sans demander d'apprentissage. Il ne dit pas un mot des dangers de l'homme de quai. Ni des misères du débardeur, couché au fond de la cale, à pelleter le grain dont la poussière encrasse ses poumons. Ni des rats, les rats de navire qui se transportent d'un continent à l'autre, avec les ballots de vaisselle, des rats de la grosseur des matous. Il parla du débardage comme d'une personne aimée en qui on ne veut pas voir de défaut.

Aux paroles du Survenant, le cœur de Didace battit à se rompre. Lui, pourtant perspicace d'ordinaire, en perçut moins le sens que le ton nostalgique. Il se vit de nouveau seul avec Amable et Alphonsine. Il vit la maison terne et la terre abandonnée à elle-même.

Le couple se leva pour regagner la chambre à coucher. Le Survenant se prépara à l'imiter mais Didace lui fit signe de rester dans la cuisine. Sans un mot, celui-ci alla au cabanon et en revint avec un rouleau de billets de banque. Il en compta vingt-quatre et y joignit soixante cents. À voix basse il dit :

— T'as dit : vingt-quatre et cinquante-sept, mais j'en ai mis soixante, pour faire le compte rond.

D'un clin d'œil il souligna sa générosité. Le Survenant prit l'argent sans plus de cérémonie. Didace lui demanda :

— Quand c'est que tu t'attends à revenir de Montréal ?

— Je partirai peut-être demain, au jour. Peut-être après-demain. Mais je resterai pas plus que deux, trois jours, dans le plus, dans le plus...

— J'sus ben content. Tu verras, Survenant : il y a rien de plus beau que par icitte. Le printemps devrait pas retarder gros à c't'heure. Quand le temps est arrivé, c'est le soleil, c'est le vent, c'est la pluie qui mangent la vieille neige. Après on voyage à la grande eau toute la belle journée. Il y a rien de plus beau, je te le dis.

12

L A semaine se passa sans que le Survenant revînt. Amable
se mit à narguer le père Didace :

— Votre beau marle m'a tout l'air envolé sur l'aile de notre
argent...

Didace prit la part de Venant :

— S'il revient pas t'de suite, faut crère qu'il a ses raisons.

Toutefois une inquiétude pointait en lui. Elle s'aggrava le
matin que Beau-Blanc à De-Froi arrêta à la maison. En l'apercevant, Didace se demanda : « Quoi c'est qu'il vient encore
nous annoncer de mauvais, l'oiseau de malheur ? »

De fait, à peine arrivé, il se mit à raconter :

— Je veux pas rien dire de trop, monsieur Beauchemin,
mais j'ai vu votre Survenant ben en fête à Sorel. Il se tenait pas
sur ses jambes.

Didace s'empressa d'éloigner Amable :

— T'as promis à David Desmarais de lui aider à entailler.
Quoi c'est que t'attends pour te rendre à la cabane à sucre ?

— Ouais, j'y vas, mais en même temps je dirai à Angélina
ce qu'il est au juste, son Survenant : un ivrogne... un batailleur... un fend-le-vent... un pas-de-parole... un...

— Je t'en prie, fais pas ça supplia Phonsine. Elle aura assez de partager ses peines, puisqu'elle l'aime, sans lui faire porter la charge de ses fautes.

Dès qu'Amable fut loin, Didace attela et prit le chemin de Sorel. Durant la matinée, le temps fila vite. Alphonsine fit le train de la maison, et prépara le repas. Puis elle se mit à laver le plancher, toute à la joie de travailler sans témoin. Personne ne lui reprocherait, du regard, d'oublier le savon dans l'eau. Personne ne la verrait se reposer, après chaque travée. Alors elle lava d'affilée, sans souffler, le plancher, prenant soin, chaque fois qu'elle savonnait le guipon, de déposer le pain de savon au sec à côté du seau. L'angélus sonnait au clocher de Sainte-Anne quand elle alla lancer l'eau sale au dehors. Elle pausa un instant. Sur la route il n'y avait pas trace de vie. Le ciel s'attristait. Des brins de pluie, rares et espacés, effleurèrent ses mains.

En se retournant, elle respira d'aise de trouver le plancher reluisant de propreté. Comme elle n'avait pas faim elle décida de manger seulement après le retour de Didace. Il ne tarderait guère. Deux heures sonnèrent. Et puis trois heures. Elle commença à trouver le temps long et, pour se désennuyer, feuilleta un ancien cahier de modes. Dès quatre heures, le temps se rembrunit. La pluie maintenant tombait à grosses gouttes. Debout près de la fenêtre, Alphonsine regarda la pluie descendre sur les vitres : oblique, par courtes flèches, elle frappait les carreaux, ou bien une goutte tremblait, hésitait, puis s'élançait, d'un seul jet, comme une couleuvre d'eau. Soudain la jeune femme sursauta : un homme s'avançait dans le sentier. C'était le Survenant. Seul et à pied, il était en fête ; il chambranlait.

Vitement elle alluma la lampe et elle s'assit dans un coin reculé. Après s'être dandiné mollement de bord en bord de l'embrasure, le Survenant se décida à franchir le seuil de la porte, levant les pieds de façon exagérée. Comme un arbre à tous les vents, il chancelait. Il s'arrêta, l'œil vague, la taille cambrée exagérément dans un futile effort de dignité, et il sourit, béat, aux solives du plafond. L'une d'elles semblait attirer son attention davantage. L'air sérieux, il l'examinait avec soin et il lui faisait toutes sortes de petits signes insensés. Puis, à la recherche d'un appui, la main dans le vide, il écarta si grand ses doigts démesurés qu'à la lueur de la lampe leur ombre s'étendit en une nuée sur la cuisine. On eût dit que la main gigantesque voulait ramasser tout un pan de mur et, d'une seule jointée, le projeter au dehors. Alors il prit son élan et en deux longues enjambées alla s'écrouler sur une chaise, près de la table. À peine assis, la tête se mit à lui osciller de sommeil. Deux flaques de boue maculèrent le parquet. Phonsine n'y tint plus.

— Si c'est pas un vrai déshonneur de se mettre en boisson, pareil ! Et regarde donc mon plancher tout sali, mon plancher frais lavé ! Tu devrais avoir honte !

Elle se dit : « Je savais que ce passant-là nous apporterait rien que des revers. » Mais en son cœur elle enrageait moins devant le dégât sur le plancher, qu'elle ne déplorait de voir le Survenant en semblable état. Malgré elle, à son mécontentement se mêlait de la pitié pour l'étranger, solitaire, qui se croyait fort parce qu'il avait de grands gestes pour proclamer sa force et sa puissance de se passer du monde entier, mais à la merci de la première tentation.

Le mackinaw du Survenant dégouttait. De peine et de misère elle le lui enleva. Mais elle eut beau tirer à toute reste sur ses bottes, grises et gluantes de glaise, elle ne vint pas à bout de lui en arracher une. En vain elle le supplia :

— Si tu voulais t'aider le moindrement...

Puis elle le menaça :

— Je dirai tout à mon beau-père. Il te mettra à la porte. À soir. Pas plus tard qu'à soir. Tu vas crever comme un chien et ça sera ben bon pour toi.

Mais Venant, impuissant au moindre mouvement, ricanait, muet, indifférent et lointain.

— Et l'argent ? Et les outils ? Quoi c'est que t'en as fait ?

Au ton sévère de la jeune femme, Venant leva les sourcils, dans un effort pour comprendre. Les yeux égarés il regardait partout, cherchant à comprendre. Il parvint à tourner ses poches à l'envers. Elles étaient vides. Seul un petit crucifix en tomba. Alphonsine ramassa la croix de chapelet à laquelle un christ d'étain ne pendait plus que par une main.

— Où est mon beau-père ?

Hoquetant, la bouche épaisse, butant à chaque syllabe ou mangeant ses mots, le Survenant finit par dire :

— Le père ?... Il est allé... voir... sa blonde...

— Tu dis ? Parle donc franchement, insista Alphonsine qu'une vague inquiétude gagnait.

— Ben quoi ?... J'suis pas chaud... j'ai bu rien qu'un coup... Écoute, la petite mère... Paye-moi un coup... puis on va se parler. Le père Didace... il est en amour... avec...

Elle courut à la pompe emplir le gobelet et l'offrit à Venant. Sitôt qu'il y eut goûté, il cracha l'eau et fit voler le gobelet sur le plancher.

— Bougre de salaud, lui cria Alphonsine, indignée.

Mais rongée de curiosité, après avoir essuyé le parquet elle se radoucit :

— Dis-moi la vérité, Survenant. Le père Didace est en amour avec...

Elle mouilla l'essuie-main de toile et lui en frictionna le visage, surtout le front et les tempes, en allant vers la nuque, mais il persistait à se taire et ne faisait que tousser. Sans le vouloir elle s'attendrit. « Personne ne prend soin de lui », pensa-t-elle. Et elle se mit à lui laver plus doucement la figure, comme elle eût lavé un enfant. De temps en temps, elle lui parlait pour que le pâle éclair de raison ne s'évanouît pas dans les brouillards de l'ivresse. Subitement, la voix de l'homme s'enfla. Les mots démarraient à toute voile. Maintenant, rien ne saurait l'arrêter de parler.

Phonsine ne bougea plus. Elle garda la tête du Survenant contre son épaule. Souvent on lui avait dit que, de la bouche d'un homme ivre, sortent des vérités. Dans le fouillis des phrases, elle chercha à distinguer celles qui avaient du sens :

— ... rien qu'un survenant... rien qu'un survenant... mais je respecte votre maison... je respecte le père Didace... un vrai taupin, le meilleur chasseur du canton. Il est pas comme les Provençal... ah ! les plus gros habitants du canton... mais toute une bande d'ignorants... savent rien en tout... savent pas même que le père Didace va se marier avec... l'Acayenne... la belle Acayenne. Dis pas non, Odilon, parce que je t'envoie revoler au plafond...

Après une pause, le Survenant se leva de tout son long.

— Où c'est que tu veux aller ? lui demanda Phonsine, inquiète.

— Je veux aller... voir danser le soleil. Le matin de Pâques... il danse, le soleil... oui, il danse !

Phonsine réussit à le faire rasseoir. Il pleurait à chaudes larmes. Pour le consoler, machinalement elle dit comme lui :

— Il danse... le soleil... il danse...

L'homme se tut et elle l'abandonna au sommeil. Chercher à l'éveiller pour en savoir davantage ? Autant essayer d'ébranler un chêne. Les assiettes dansèrent sur la table : la tête du Survenant, comme une roche, venait de couler à pic sur le bord. Une minute plus tard il ronflait.

Il était près de sept heures. Alphonsine n'avait pas mangé depuis le matin mais elle ne sentait plus la faim. Elle souleva le couvercle du chaudron. Les patates, portées à fleurir, s'étaient délayées en une purée grisâtre, peu appétissante. L'eau égouttée dans l'évier, elle tira le chaudron à l'arrière du poêle.

Dans le réchaud, les grillades de lard avaient eu le temps de racornir : elles étaient si sèches que l'une s'émietta au toucher. La pâte à crêpe recouverte d'un linge blanc se gonflait de bulles. Un peu de thé au fond de sa tasse suffirait à Phonsine ; elle l'avala sans sucre, ni lait, presque sans en avoir connaissance.

La tête lui bourdonnait de pensées. Tantôt elle écoutait l'eau de pluie jaillir par grands jets de la gouttière, ou bien le vent claquer les toits des bâtiments et faire grincer les battants ; tantôt elle suivait le rythme profond du sommeil de l'homme ; tantôt elle se berçait tout à la tâche d'apprivoiser de petits projets auxquels elle avait accordé peu de prix auparavant : elle se taillerait une robe de matin ; peut-être qu'elle broderait une suspente de lit ; lundi en huit, il faudrait songer au grand barda du printemps. Mais tout le temps elle se mentait : elle savait qu'elle fuyait la trace des paroles du Survenant. Serait-il possible que son beau-père se remariât, qu'il amenât dans la maison une nouvelle femme ? Une femme qu'on ne connaissait ni d'Adam ni d'Ève, une étrangère ? Quoi c'est que Pierre-Côme Provençal va penser ? Et Amable, quand il saura tout ? Pauvre Amable ! lui qu'un rien décourage. Et Marie-Amanda, donc ! elle qui attend un enfant et qui est proche de son terme. S'il n'en tient qu'à Alphonsine, ils ne l'apprendront pas de sitôt. Et elle, qui a déjà tant de peine à se faire valoir dans la maison, que deviendrait-elle à côté d'une autre femme, une ancienne qui doit savoir la manière de parler aux hommes et de donner ses raisons, puisque déjà le père Didace l'écoute ? Puis la terre ? La terre revient de droit à Amable. Si Didace allait la passer à l'étrangère, Amable et elle seraient dans le chemin. Elle se vit hâve et en guenilles mendier son pain de maison en maison sur quelque route inconnue.

Soudain, il lui vint une telle angoisse que son cœur se trouva tordu de chagrin ; elle connut une si grande détresse que son âme fut noyée de découragement. Un pressentiment terrible la fit frissonner de la tête aux pieds. Elle voyait le malheur — tel un oiseau de proie plane hautain, patient et lent, avant de fondre sur la victime de son choix — éployer une fois de plus ses sinistres ailes noires au-dessus de la maison des Beauchemin. Après la noyade d'Éphrem, Mathilde était morte. La grand-mère avait suivi de près. Trois deuils en trois ans, un dur lot à supporter pour une famille. Un malheur n'arrive jamais seul.

Pour comble de malchance, le Survenant, cette ramassure des routes, ce fend-le-vent, s'est arrêté au Chenal du Moine. Que ne passait-il son chemin ! Comment nommait-il la femme ? Ah ! oui ! L'Acayenne ! Un sobriquet sûrement. L'Acayenne. Le nom résonne lugubrement. Où avait-elle entendu ce nom-là ?

Maintenant il ne reste qu'eux trois, Didace, Amable-Didace et elle, à veiller au vieux bien. Son regard s'accroche à chacun des objets familiers comme pour implorer leur secours. En face, une seule image pieuse, hautement coloriée et invraisemblable, orne le pan de mur. Un saint Antoine mignard et l'enfant dans ses bras ont les mêmes cheveux blonds et bouclés, les mêmes traits enfantins, la figure de l'homme semble un simple agrandissement de celle de l'enfant à qui il aurait poussé une barbe miraculeuse. Au-dessus de la porte d'entrée pend une croix de bois rond. Un jour Éphrem était allé couper de la plane et il avait trouvé à la fourche d'un jeune arbre une croix d'une si belle forme naturelle qu'il l'avait apportée. À côté, un rameau de sapin bénit, aux aiguilles encore vertes, serre son reste de vie contre le bois mort.

Sur des portraits de zinc, dans des médaillons de tilleul à roses grossièrement sculptées au couteau par un ancêtre artisan, deux des Didace Beauchemin règnent — ils sont six générations à porter le même nom — un collier de barbe en broussaille au menton, leurs robustes épaules étriquées dans un habillement d'étoffe du pays, mais l'œil perçant, mais le regard droit, mais le front haut. Ils règnent puissants, stricts, indéfectibles sur leur œuvre de famille. Dans l'honnêteté, et le respect humain de leurs sueurs et de leur sang de pionniers, dans les savanes et à l'eau forte, de toute une vie de misère, ayant été de leur métier bûcherons, navigateurs, poissonniers, défricheurs, ils ont écrit la loi des Beauchemin. À ceux qui suivent, aux héritiers du nom, de l'observer avec fidélité.

Agenouillée auprès du poêle, Alphonsine commença sa prière du soir : « Mettons-nous en la présence de Dieu… » mais son esprit fuyait, occupé de trop de choses. Soudain, un éclair lui montra le sentier à suivre : Mathilde Beauchemin, qui était si près de Dieu, pourrait bien intercéder auprès de Lui. Par un calcul mi-conscient, elle chercha à la toucher au sensible : « Bonne sainte Mathilde Beauchemin, vous permettrez pas qu'une autre femme prenne votre place… ni la nôtre ? »

Toujours à genoux, elle se disputa pour mieux se rassurer.

— Que j'suis folle de m'créer tant de chimères ! J'aurais jamais dû faire parler ce grand fou de Venant.

Puis elle écouta : pour toute réponse, un ronflement d'homme ivre, le sifflement du vent. Elle alla ajouter une bûche résineuse à la braise mourante. Ainsi elle serait moins isolée ; le crépitement du feu lui tiendrait compagnie. Mais de nouveau elle se désola. Aussi vrai que si elle eût été l'unique tributaire de la fatalité, Alphonsine agonisa comme seule et abandonnée sur une vaste terre d'injustice. Elle était la pierre des champs, froide et stérile, parmi les avoines ardentes et soleilleuses. Elle était le grain noir qu'une main dédaigneuse rejette loin du crible. Et elle en avait tant de peine, et elle sanglotait si fort qu'elle dut comprimer à deux mains les battements de son cœur afin qu'il n'éclatât pas de douleur. Elle pleura toutes ses larmes jusqu'à ce qu'elle s'assoupît, la tête enfouie au creux de son bras. Mais, à tout moment, des soubresauts secouaient ses maigres épaules.

À dix heures elle s'éveilla, toute frileuse et engourdie. Venant dormait dur et Didace n'était pas de retour. Au dehors une tempête de neige succédait à la pluie.

— C'est du sucre qui tombe, dit Alphonsine, en pensant à Amable, à la sucrerie.

Les chemins deviendraient impassables. Après avoir abaissé la mèche, elle prit la lampe avec précaution et la déposa dans un plat de faïence sur le chiffonnier, à un angle de la chambre. Pour ne pas s'endormir d'un sommeil trop profond, elle s'allongea au pied de la couchette dans une position peu confortable. Au milieu de la nuit, un bruit de paroles l'éveilla. Dans la cuisine Didace parlait seul :

— Didace Beauchemin, là, je t'attrape ! T'es pas capable de boire sans te saouler, hein ? Eh ben ! tu prendras plus un coup du carême. Pas un ! Tu m'entends ? Réponds...

Alphonsine attendit qu'il se tût. Puis, sa main en écran près du globe, elle leva la lampe et avança à pas comptés jusque dans la cuisine. Didace était étendu tout rond par terre près du poêle, le chien à ses côtés. Elle ne put le convaincre de se coucher dans le lit. Alors elle prit un oreiller et le lui passa sous la tête, et elle alla chercher une courtepointe pour l'en couvrir. Mais quand elle revint à lui, de nouveau il reposait, la tête sur le plancher nu, et il tenait, pressé entre ses bras, l'oreiller de duvet, avec tendresse, eût-on dit.

13

ALPHONSINE ne dit à son mari que le nécessaire. Toutefois Amable, en apprenant que le Survenant avait dépensé en folies à Sorel l'argent qu'on lui avait confié pour le voyage à Montréal, s'en trouva heureux dans un sens : est-ce que Didace ne se reconnaîtrait pas enfin ? Est-ce qu'il ne mettrait pas l'étranger à la porte ?

Mais Didace n'en fit rien. Loin de là. Il se redressa et redevint le patriarche Beauchemin dont la parole est loi :

— Avant l'arrivée du Survenant, notre bois dormait sur les entraits et nous rapportait rien. Depuis que le Survenant s'en occupe, il nous a rapporté proche de cent quinze piastres, à part de mon canot dont je suis tout satisfait. Là-dessus je lui ai avancé quelque chose comme treize piastres et demie pour une paire de bottes et différents effets. Et il a dépensé pas tout à fait vingt-cinq piastres pour le voyage en question. Ça laisse clair au moins soixante-quinze piastres. Les Provençal pensionnent pour moins que ça la petite maîtresse d'école toute une année de temps. Quant au Survenant il lui est arrivé malheur, je l'admets et je lui ai tiré son portrait correct. De son bord il verra à ce que ça se renouvelle pas. Même si c'est pas toujours une méchante chose qu'un chacun fasse un écart icítte et là : ça lui montre qu'il est pas l'homme fort qu'il se pensait.

Phonsine et Amable échangèrent un regard d'étonnement. Celui-ci dit à son père :

— Ouais, il a dû vous conter encore quelque chimère, pour vous gagner à lui. On l'a assez engraissé comme il est là. À votre âge vous devriez savoir que si on veut se faire magan-ner, c'est toujours par le cochon qui est gras. En tout cas, il y a pas d'ouvrage pour trois hommes, sur la terre. À plus forte raison, il y en a pas pour un qui a une passion et presquement tous les vices.

Sur le seuil, le Survenant saisit à la volée les dernières paroles d'Amable et dit :

— Il y a peut-être pas d'ouvrage pour toi, Amable, mais il y en a encore pour moi. Quant à avoir tous les vices, il s'en faut. Tout de même je m'en accorde quelques-uns. Mais j'ai pas de défaut. Tandis que toi, t'as pas un vice, pas un en tout. Seulement, tu possèdes tous les défauts.

Alphonsine rougit jusqu'à la racine des cheveux.

Le Survenant bâilla comme si, en parlant ainsi, uniquement par condescendance, il accomplissait une corvée dénuée d'inté-rêt à ses yeux, mais nécessaire aux autres. Il continua :

— Je ne renie pas ma passion, j'aime la boisson, ça se voit. Tu peux pas comprendre ça, parce que tu aimes rien en dehors de ta tranquillité. Jouis-tu seulement d'une journée de beau temps ? Ah ! non ! demain, à soir, il peut mouiller. Rien qu'à la pensée de risquer une taule pour aider la terre, tu blêmis de peur : du moment qu'elle durera autant que toi, après... neveurmagne ! T'es pareil à la fourmi qui se défait de ses ailes quand elle a assuré sa vie. Pourquoi des ailes ? Pourquoi voler ? Elle en a plus besoin. Seulement une passion qui se voit pas porte pas le nom de passion : elle fait pas chambranler de bord en bord du trottoir. Pauvre Amable ! C'est pas rien que de ta faute. Le bien paternel aura aidé à te pourrir. Avant toi, pour réchapper leur vie, les Beauchemin devaient courir les bois, ou ben ils naviguaient au loin, ou encore ils commerçaient le poisson. Ma foi, t'es né ta vie toute gagnée, fils d'un gros habitant. Tu t'es jamais engagé. Une famille, c'est quasiment comme le sel. L'eau de pluie tombe du ciel, pénètre la terre, prend le sel dedans, puis gagne les ruisseaux, les rivières et court enrichir la mer. Le ciel pompe l'eau de la mer et retourne le sel à la terre. On dirait que faut que tout recommence dans ce bas monde.

Didace, qui jusque-là avait paru ne prêter qu'une oreille distraite aux propos du Survenant, l'interrompit soudain, sa grosse voix bourrue comme voilée de mélancolie :

— Ouais, mais c'est jamais la même eau qui repasse.

Étonné, le Survenant se mit à rire et poursuivit :

— Je te le dis, en amitié, Amable, si tu prends pas garde à toi, dans dix ans, dans quinze ans, tu seras pas rien que trop-de-précaution, tu seras devenu un avaricieux. Là, t'auras le vrai vice et tu seras pauvre pour tout de bon ! Puis tu sauras ce que c'est que d'être pauvre !

Amable renâcla :

— Chante toujours, beau marle, chante-nous tes chansons. Berce-nous pour mieux nous endormir !

Venant éclata de rire, mais le père Didace cogna du poing sur la table :

— Assez jacasser, vous deux ! L'ouvrage est là qui attend.

*
* *

118

Le soir, le Survenant alla comme à l'ordinaire reconduire Angélina et faire un bout de veillée avec elle. Après plusieurs hésitations, elle lui dit :

— Pâques s'en vient. Encore dix jours et on sera au 27 mars. As-tu l'idée de passer la fête de même ?

— Je comprends pas. Veux-tu parler de mes pâques ?

— Il manquerait plus que ça, si tu les faisais pas. Je te renierais ben à tout jamais. Je veux dire habillé de même dans ton butin de tous les jours. T'as presquement plus formance du monde.

— L'habillement a pas une grosse importance quant à moi. Mais si je te fais honte, la Noire, je peux ben continuer mon chemin.

— Raisonne donc pas en Survenant de même. Tu sais que tu passes en travers de ton linge. T'en faut du neuf, je t'y fais penser.

— Je saurais jamais me gagner assez d'argent d'icitte à ce temps-là.

— Comme de raison, je parle pas de t'habiller en neuf des pieds à la tête, mais un peu plus richement. Si j'étais que de toi, je chasserais le rat d'eau, ce printemps. Je peux te prêter des pièges et Z'Yeux-ronds est un vrai chien à rats. L'eau va monter d'un moment à l'autre. À part d'être ben malchanceux, tu peux te ramasser une couple de cents belles peaux. Même supposé que tu partages avec le père Didace, ça te laissera encore un fort montant.

— Comment c'est que les peaux peuvent valoir ?

— De sept à douze cents. Puis j'accommoderai la chair que je vendrai au marché.

À la fin de chaque semaine, Angélina tenait éventaire au marché de Sorel. Nulle femme ne savait mieux qu'elle apprêter le rat d'eau, la graisse de rôti et la tête fromagée qu'elle démoulait d'un unique et rapide coup de couteau circulaire. De plus elle excellait à préparer, selon la saison, soit de légers paquets de grainages, soit des marinades dans du vinaigre étendu d'eau à point, soit encore des fruitages en terrines débordantes à l'œil, mais au fond largement pourvu de feuilles de rhubarbe. Même elle ne se gênait pas de détailler la catalogne à la verge plutôt qu'à l'aune, à l'ancienne façon. Toujours digne et toujours sur ses gardes contre des entretiens familiers capables d'entraîner quelques sous de rabais, elle vendait tout à gros prix à une clientèle choisie.

— Mon doux ! continua Angélina, on a connu des printemps où des chasseurs prenaient jusqu'à sept cents rats.

Puis elle ajouta, d'une voix à peine affaiblie :

— Pour l'habillement, je peux t'avancer l'argent...

Venant voulut lui caresser la main, mais elle se déroba. Ils arrivaient à la maison. Angélina prit les devants. Quand elle eut allumé la lampe, le Survenant vit trois billets de cinq piastres sur le coin de la table.

— Écoute, chérie...

Se penchant vers l'infirme, il chercha son regard, mais il le trouva si limpide qu'il aurait pu s'y mirer. Le premier, il baissa la vue et prit l'argent sans ajouter un mot.

Angélina embellissait. L'amour la transfigurait. Il ne l'avait pas remarqué auparavant. Cette fille farouche et pure qui, sans penser à mal, offrait de l'argent à un homme, lui rappela soudain le raisin sauvage qu'il avait cueilli le soir de son arrivée au Chenal. Avant de frapper à la porte des Beauchemin, il avait vu une vigne chargée de raisin noir et il s'était arrêté auprès. L'âpreté du fruit lui avait d'abord fait rejeter au loin la première grappe, puis peu à peu il s'était mis à en manger, y prenant goût et sans parvenir à s'en rassasier.

À voix basse, au cas que son père ne dormît pas, Angélina dit :

— Boire, c'est une ben méchante accoutumance. À l'avenir, tâche donc de te comporter comme un homme, Survenant.

Il fit signe que oui.

— Samedi en huit, continua Angélina, après le marché, je pourrai aller avec toi à l' « Ami du Navigateur », pour pas que le Syrien te passe n'importe quoi.

Elle, si effacée d'ordinaire, s'enorgueillit à la pensée de se promener au bras du Survenant, dans la rue des magasins à Sorel, à la vue du monde entier. Bernadette Salvail ne serait pas sans l'apprendre.

Distrait et nerveux, Venant répondit dans le vague. À tout moment il palpait les billets de banque dans sa poche et son regard consultait l'horloge. Au bout d'un quart d'heure, comme Angélina tirait son sac à ouvrage, il dit en se levant :

— Sors pas ton tricotage, la Noire. Je peux pas veiller tard à soir.

Sans plus d'explication, il partit. Mais, arrivé au chemin, au lieu de se diriger vers la maison des Beauchemin, d'un pas alerte il prit la route de Sorel.

*
* *

Le lendemain, l'eau monta sur la glace et Venant voulut chasser le rat musqué tout de suite, sans tendre des pièges, sans amener Z'Yeux-ronds et sans prendre conseil de personne. Il prépara le petit bac tôlé, y installa le fusil, plus deux ou trois canards domestiques, dans une poche, pour chasser en maraude le canard sauvage et il partit, tantôt à pied sur la glace, tantôt dans l'embarcation. La nuit froide avait fait se former un peu partout une glace mince, même au fond du bac que Venant, inexpérimenté, avait négligé de garnir d'un tapon de paille. Il y glissa et tomba par-dessus bord dans un trou où par bonheur l'eau était peu profonde.

En se relevant il vit des canards voler dans la baie. Quoique tout mouillé, vitement il travailla à se faire une petite cache. Des canards passèrent à une belle portée. Mais le fusil avait senti l'eau et ne partit pas du premier coup. Venant attendit. Bientôt une autre bande se jeta tout proche. Il tira un canard à l'eau, puis en descendit deux au vol. Mais il n'avait tué qu'un rat à la patte rongée.

Voyant la triste chasse, le père Didace sourit.

— Il est peut-être trop de bonne heure, observa Venant.

— Voyons donc ! J'ai connu des années, où on chassait le rat, après des coups de pluie, dans le mois de janvier, avant le temps permis comme de raison. La fourrure avait moins de prix, c'est vrai, parce que l'animal n'était pas de saison. Mais la chair était aussi bonne. Demain, j'irai te montrer la vraie manière.

Sur la fin de l'après-midi, Z'Yeux-ronds rechigna de façon inaccoutumée à la porte. Amable alla ouvrir. Le chien, le nez levé, attendait à côté de deux superbes rats d'eau qu'il avait rapportés dans la gueule.

Amable, fier d'avoir sa revanche sur le Survenant, dit à son père :

— Perdez pas votre temps à lui enseigner la chasse : il aura seulement à prendre ses leçons de Z'Yeux-ronds.

À la première lueur du jour, Didace et le Survenant appareillèrent. Ils avaient près de quarante pièges à poser, puis à marquer d'une palette de cèdre.

— Passe-moi la ferrée, ordonna Didace.

Didace, armé de la pelle, se mit à creuser partout où il y avait trace de rats, sur le bord de l'eau, dans les buttes ou au creux des souches. Le Survenant l'aida à lever la tourbe, à faire des trous pour y placer le piège et à le masquer. De son côté, Z'Yeux-ronds chassait. Il suivait les pistes, déterrait les ouaches et courait s'embusquer à la sortie pour attendre le gibier.

Leur besogne terminée, les deux hommes soufflèrent. Ils avaient les mains crevassées et en sang. Le Survenant tira de la poche de son mackinaw un flacon de gin et demanda à Didace :

— Vous prendriez ben une gobe de fort pour vous regaillardir ?

— Je prends rien, protesta hautement Didace comme si pareille offre fût de nature à l'offenser.

Cette fois, il se demanda où le Survenant pouvait ainsi se procurer de quoi boire et se dit : « Je m'en mêle plus. Je m'en mêlerai plus jamais ! » Même l'insistance du Survenant ne le fit pas céder :

— Essaye pas, Survenant, tu perds ton temps. Je me suis acarêmé après l'autre soir que tu sais, je me décarêmerai seulement le jour de Pâques au matin. Pas avant.

— Je ne veux pas vous démentir, père Didace. Pourtant, hier matin, quand vous étiez à faire le train, dans l'étable, vous sentiez pas rien que le petit-lait. Vous aviez le parler dru. Et les animaux filaient doux.

— J'avais pas bu plus que ma botte, je venais de déjeuner.

— Déjeuner ? Aïe ! Pas rien qu'au gros lard, hein ? C'est pas à moi que vous ferez accroire ça.

123

D'un grand sérieux, Didace expliqua :

— Si tu veux savoir la recette, je vas te la donner : je me casse deux œufs dans un bol de bonne grandeur, je vide dedans un demiard de crème douce, et je le remplis de whisky en esprit. C'est mon déjeuner, quoi !

Puis, subitement pressé, il ajouta :

— Ho ! donc ! qu'on s'en aille à la maison. À c't'heure que tu connais la manière, tu chasseras le rat tout seul, Survenant. Si tu veux t'en donner la peine, tu devrais en attraper une trentaine par jour, au moins.

— Ouais, on va embarquer. Peut-être ben que votre déjeuner vous attend...

— Il est pas de rien, se dit le père Didace, en riant malgré lui.

Quand ils arrivèrent au quai, un étranger les guettait. Didace l'accueillit d'un salut silencieux et laissa l'autre parler le premier. Celui-ci, avant même de décliner le but de sa visite, sortit une bouteille de whisky et en offrit aux deux hommes. Didace refusa net. Mais brusquement, de son parler bref, il ordonna à Venant :

— Prends mon coup, Survenant.

Après, ils se mirent à causer de choses et autres, tous trois accrochés aux piquets du quai, comme s'ils y étaient embrochés. À peine l'étranger eut-il laissé entendre qu'il faisait le trafic des peaux de fourrure que Didace s'empressa de dire :

— Le rat d'eau sera ben rare ce printemps, j'ai peur. Je me demande où il loge : on le voit presquement plus. Une chasse de deux, trois rats par jour, c'est beau. Demandez au Survenant. Aïe, Survenant ! Comment c'est que t'as tué de rats dans ta journée d'hier ?

— Un rat.

— Vous voyez ?

À son tour le trafiquant, aussi futé, remarqua :

— Il est décourageant de voir comme le rat musqué se passe de mode. On comprend pas la raison. Les femmes veulent plus le porter. Il y en a à prétendre qu'il est moins bon qu'avant.

Didace l'interrompit :

— Le rat de ruisseau, ou le rat du nord, peut-être ben, mais le rat des îles est trop ben nourri, trop gras, pour ça.

Le trafiquant comprit qu'il n'aurait pas le dessus. Il baissa de ton :

— C'est pas pour mon plaisir que je ramasse les peaux. Je fais pas une cent de profit dessus, mais seulement pour accommoder une petite clientèle.

Ils parlementèrent encore un peu, jusqu'à ce qu'ils convinssent d'un prix pour la chasse de la saison : dix cents la peau. Tant que dura l'entretien, chaque fois que le commerçant renouvela l'offre de boire, le Survenant dut avaler double rasade, sur l'invitation de Didace Beauchemin :

— Prends mon coup, Survenant.

*
* *

Le samedi saint, vers l'heure du midi, les habitants qui tenaient éventaire au marché de Sorel depuis la veille se hâtèrent de regagner leur demeure. Tel que convenu, Angélina attendit le Survenant. Après l'avoir attendu vainement jusqu'à deux heures, elle se rendit à l' « Ami du Navigateur », puis visita les magasins environnants et se hâta de retourner au premier endroit, sans trouver trace du Survenant. Afin de se donner meilleure contenance, elle palpa distraitement les étoffes, marchanda un vêtement et ensuite un autre, mais l'œil sans cesse tourné vers la porte. Pour échapper au harcèlement du Syrien prêt à lui céder « à sacrifice contre de l'argent cash » son commerce en entier, elle sortit.

Alors elle se mit à arpenter le trottoir en face de l'hôtel que fréquentaient les habitants. Dès qu'un homme entrait à l'auberge ou en sortait, vitement elle s'absorbait à regarder la vitrine ou encore elle tournait le coin jusqu'à ce que de nouveau le trottoir fût désert. Dans la rue, un vieux enlevait par larges plaques la glace sale et effritée qu'il lançait mollement sur les bancs de neige en bordure. Parfois Angélina se fixait une limite ; elle fermerait les yeux et compterait jusqu'à cinquante. Si, en les ouvrant, le Survenant n'était pas là, elle passerait son chemin. Mais le soleil baissa ; il se cacha derrière une grosse nuée héliotrope, et Angélina attendait toujours.

Le ciel se fonça à l'approche de la nuit et tout changea d'aspect. L'eau se retira des rigoles. Angélina grelotta ; le froid se glissait dans son dos. Il lui sembla que le vieux avait vieilli soudainement. Elle-même s'aperçut livide et les yeux creux, dans la vitrine. À son oreille, maintenant, les pelletées de glace tombaient avec un bruit mat, celui de la terre que l'on jette sur une tombe. Toute rapetissée, la tête rentrée dans les épaules et les mains enfouies dans ses manches, elle allait et venait sans cesse, tournant sur ses pas, pareille à une petite vieille égarée en chemin et qui n'ose s'aventurer trop loin.

— Cherchez-vous quelqu'un, la demoiselle ?

Elle sursauta. Les yeux égarés, elle regarda autour d'elle. Le vieux lui parlait ; il ne semblait pas malicieux. Toutefois, elle hésita avant de répondre. Les mots qu'elle s'était exercée à dire de façon naturelle et qui lui paraissaient presque faciles tout à l'heure l'étranglaient maintenant. D'une voix torturée, elle demanda :

— Vous auriez pas vu entrer à l'hôtel un grand rouge à tête frisée, qui a toujours une belle façon ?

Le vieux branla la tête :

— Pauvre demoiselle ! des têtes frisées, il y en a, à la douzaine sur la terre. Puis des gars avec une belle façon, à la veille d'une fête, c'est presquement rien que ça qu'il y a dans les hôtels. Et c'est pas tous des enfant-jésus-de-prague. Allez-vous-en-donc dans votre maison. Votre place est là, ben plus qu'icitte.

Angélina rougit de honte. Mais l'homme vit une telle détresse dans son regard qu'il eut pitié d'elle.

— Si je le vois, votre rouget frisé, vous y faites dire quoi ?

— Qu'il est attendu au Chenal du Moine.

En se retournant, Angélina crut que le sol se dérobait sous ses pas : le Beau-Blanc de De-Froi avançait vers l'hôtel. Elle ne put lui cacher à temps son visage défait par le chagrin. Déjà il lui disait :

— Si c'est le Venant aux Beauchemin que vous cherchez, attendez-le pas : je viens de le rencontrer avec sa compagnie, dans la Petite-Rue.

Le coup porta, mais l'infirme se roidit et eut le courage de ravaler ses larmes. Si de sa mauvaise langue le bavard allait colporter partout chez Pierre-Côme Provençal, chez Bernadette Salvail, chez les Beauchemin, et même au presbytère de Sainte-Anne, qu'il l'avait vue rôder devant l'hôtel ? Certes, Angélina souffrait de croire que le Survenant ne l'aimait pas, mais à la pensée que les gens du Chenal connaîtraient son délaissement, sa souffrance s'accrut.

Et que penserait le Survenant, à la nouvelle qu'elle l'avait ainsi attendu, tandis qu'il était auprès d'une autre ? Il rirait peut-être, de son grand rire ? Le meilleur en elle l'avertit que non. Il l'avertit aussi que Beau-Blanc ne lui en dirait rien. Le même instinct grégaire qui pousse les moutons dans les champs à entourer la brebis sur le point d'agneler, afin de la soustraire aux yeux des animaux d'une autre espèce, la préserverait de tout bavardage de la sorte. Elle n'eut plus qu'une idée : atteindre sa maison. La voix douce et triste, elle dit :

— Je cherche personne, Beau-Blanc. Va pas te mettre des idées croches dans la tête. Une poussière m'a revolé dans l'œil, c'est tout.

Courageusement elle essuya ses yeux brûlés de larmes et hâta le pas.

Le lendemain, à la sortie de la messe, Angélina, le cœur encore serré, s'achemina vers sa voiture, n'osant parler à qui que ce soit, sur le perron de l'église, ni lever la vue sur personne. Tout à coup, elle s'arrêta, éblouie ; éblouie et à la fois effrayée de se tromper. Son cœur battait fort contre sa poitrine comme pour s'en échapper et courir au-devant du bonheur. Elle le comprima à deux mains et écouta : dans le midi bleu, un grand rire clair se mêlait à la cloche de l'angélus et les deux sonnaient l'allégresse à pleine volée. Angélina tourna légèrement la tête. Parmi un groupe de jeunes paysans habillés d'amples complets de drap noir, coiffés de casquettes beiges et chaussés de bottines bouledogue, selon la mode du jour, la figure colorée du Survenant, les cheveux roux au vent, tranchait sur le rideau de ciel pur. Il aperçut Angélina ; de sa démarche molle et nonchalante, il s'avança vers elle. Et déboutonnant son mackinaw, il en tira une bonbonnière à moitié déficelée :

— Tiens, la Noire, un cornet de bonbons pour toi !

128

— Pas un présent pour moi ? C'est trop de bonté, Survenant !

Le cœur d'Angélina, après l'angoisse et les larmes de la veille, se trouva lavé de toute peine et préparé à une meilleure joie. Elle ne vit même pas que le Survenant était chaussé de bottes à jambes et qu'il portait le vieux mackinaw rouge et vert, rapiécé aux deux coudes.

Trois jours après, on s'éveilla pour trouver le chenal presque libre de glace. Seuls quelques îlots flottaient à la dérive. L'eau grise de boue charria des glaçons toute la journée, puis le lendemain et, de moins en moins, chaque jour. Soumis au rythme éternel de la nature, les gens du Chenal éprouvèrent devant la débâcle le même soulagement qu'ils avaient ressenti l'automne auparavant à voir se former le pont de glace.

14

MAINTENANT, un peu de neige seulement rayait la profondeur des sillons roux.

À l'eau déjà haute qui noyait la commune, hormis la pointe et quelques levées de terre en saillie çà et là, bientôt vinrent s'ajouter les eaux des lacs. Puis la fumée d'un premier paquebot empanacha les touffes de saules de l'Île des Barques. Comme impuissante à s'élever plus qu'à hauteur d'arbre, elle traîna longtemps à la tête des aulnages avant d'aller mourir parmi les vieux joncs.

Depuis leur arrivée, les canards sauvages voyageaient dans le ciel, non plus par bandes, comme à l'automne, mais par couples en obéissance à l'accomplissement de leur œuvre de vie. Quand ils passèrent à portée de fusil, se dirigeant vers la baie de Lavallière, Didace les surveilla jusqu'à perte de vue. Les yeux pétillants de plaisir il songea :

— Au bout de ma terre, il y a un chaume de sarrasin qui a inondé. Les noirs baraudent de ce bord-là : ils devraient y chercher de quoi manger... J'suis pourtant à la veille de leur donner quelque rafale.

Sitôt qu'il eut vu Pierre-Côme Provençal s'éloigner en tournée de garde-chasse vers les terres plus basses, il n'y tint plus et se mit à chasser en maraude.

La pleine lune d'avril apporta le coup d'eau. Après les inondations, la terre fuma et peu à peu elle sécha. Pendant des jours et des jours, elle s'étira paresseusement au soleil avant de s'éveiller tout à fait.

Enfin, un matin, le printemps éclata. Un duvet blond flotta sur la campagne plus blonde, elle aussi. L'eau du chenal redevint claire et verte. Par moments, ses courtes vagues scintillaient, telles des écailles d'argent. Souvent le Survenant suivait leur jeu captivant. Un midi, il crut entendre un murmure étranger. Il prêta l'oreille : plus qu'un murmure, un chant suave, une musique incomparable s'élevait parmi la prèle des marais, droite et rose près des berges. De partout à la fois, de la rivière, du cœur de la terre sonore, une musique montait, grandissait. Ses ondes harmonieuses couvrirent la plaine entière, elles enveloppèrent le Chenal du Moine et se répandirent passé les baies, passé les petits chenaux, passé les rigolets, à l'infini. En un hymne à la vie, les grenouilles se dévasant remontaient à la surface de l'eau et célébraient leurs noces avec la lumière du jour.

Après une pluie de durée, une odeur végétale, terreuse, dépassa les clairières et, dans le vent aigre, alla rejoindre l'odeur douceâtre de l'eau : parmi le paillis, les fougères à peine visibles sortaient la tête. Le lendemain, elles se déroulèrent déjà hautes, hors de terre. Puis à côté de la première dent-de-lion, la prèle des champs dressa son fragile cône vert.

Dans la bergerie, un bêlement pathétique racontait à tout vent l'inquiétude des brebis devant l'agitation des agneaux. Didace n'osait lâcher ceux-ci au pacage, sachant qu'une fois le goût de l'herbe acquis, ils ne voudraient plus retourner à la mère.

Marie-Amanda avait eu son troisième enfant. À la première belle journée après ses relevailles, elle vint le montrer à Didace et le lui mit dans les bras. Plus empêtré à tenir un enfant qu'à haler un chaland, le vieux, des gouttelettes de sueur au front, le garda un instant collé contre lui. Mais le petit, qui avait bonne envie de vivre, gigota tellement dans ses langes que Didace le rendit aussitôt à Marie-Amanda :

— Ôte-moi-le des mains. J'ai trop peur de l'échapper.

— Ça vous avient ben pourtant, remarqua le Survenant.

Les jours qui suivirent le départ de Marie-Amanda, la maison parut à tous plus grande et silencieuse, surtout à Didace qui se montra exigeant envers Phonsine. Pour un plat apporté deux fois de suite sur la table, il tempêta.

— Pourtant, vous avez coutume d'aimer ça du bouilli, mon beau-père ?

— Ouais, mais tu nous houilles ! C'est pas parce qu'une chose est bonne...

La bru se cassa la tête à force de chercher la raison d'une pareille rigueur. Mais tout allait uniment au Chenal du Moine. Depuis Pâques, Venant n'avait pas bu pour la peine. À le voir assidu auprès d'Angélina et serviable à David Desmarais, on se disait qu'avant longtemps le voisin aurait un maître gendre. Angélina apportait aux fleurs et à la maison des soins encore plus tendres. Quand elle disait « ma maison, mes fleurs », on eût dit les mots réchauffés près de son cœur, tellement ils étaient à la fois doux et chauds à entendre.

Chez les Beauchemin, le poulailler, par les soins du Survenant, rapportait plus que jamais à semblable époque.

— Et si j'suis encore en vie, l'année prochaine, disait-il en s'ambitionnant à le faire produire davantage, vous aurez des poules qui pondront en hiver.

L'invraisemblance du projet fit sourire Amable. Venant continua quand même à exposer ses plans.

— On pourrait semer du trèfle dans la vieille prairie. En amendant la terre, comme de raison. Le *Journal d'Agriculture* dit qu'avec de la chaux mêlée dedans, on peut faire des merveilles. Et pourquoi pas avoir un carré de fraisiers ? Les deux premières années sont un peu dures, mais après, les fraises se tirent d'affaire toutes seules.

Amable l'interrompit.

— Aïe ! Ambitionne pas sur le pain bénit. Qui c'est qui s'occupera des cageots, des casseaux, du cueillage ?

Mais Didace admettait tout de la bouche du Survenant. Grâce à lui, avant longtemps, il serait un aussi gros habitant que Pierre-Côme Provençal.

Vers le milieu de mai, on s'apprêta à déménager au fournil. Pendant que les Beauchemin en peinturaient l'intérieur, Beau-Blanc arriva. À son air effarouché, à son clappement de langue, on sût qu'il s'apprêtait à débiter quelque nouvelle. Dès son habituel préambule : « J'veux pas rien dire de trop mais... », Didace l'arrêta :

— Parle ou ben tais-toi.

Le journalier se renfrogna dans un silence boudeur. Mais au bout de quelques minutes, la langue lui démangea tellement de parler qu'il dit :

— Puisque vous voulez le savoir à tout prix, j'ai vu un homme se carrioler dans votre ancien canot de chasse, celui que vous vous êtes fait voler, l'automne passé.

Didace rebondit :

— Hein ! Quoi c'est que tu dis là ?

Heureux de produire son effet, Beau-Blanc répéta la nouvelle sans se faire prier.

— En es-tu ben sûr ? insista Didace.

— Nom d'un nom ! J'ai passé contre à contre, à la sortie du chenal de l'Île aux Raisins, proche de la « light » à la queue des îlets. Il y a toute une flotte à l'entrée du lac. Y avait de la brume mais j'ai vu le canot correct. Si vous voulez pas me crère...

De même que tous les menteurs-nés capables d'en faire accroire au diable, Beau-Blanc s'indignait qu'on mît en doute la moindre de ses paroles.

— As-tu reconnu le voleur ? C'est-il quelqu'un du pays ? demanda Phonsine.

— Je le connais pas. C'est un étranger, un gars de barge, ça m'a tout l'air.

— Maudits étrangers, commença Amable...

Venant éclata de rire.

— C'est ça, Amable, fesse dessus ou ben prends le fusil et tire-les un par un tous ceux qui sont pas du Chenal du Moine.

Didace l'interrompit :

— Grèye la chaloupe, Amable, on va au lac.

— Ah ! y a pas de presse : on ira demain. Si le gars est avec la barge, il partira toujours pas au vol ?

— Faut-il être innocent pour parler de même ! bougonna Didace. Arrive, Survenant !

— Mais le fournil, protesta Phonsine. Allez-vous le laisser à l'abandon, à moitié peinturé ?

Sur un ton qui n'admettait pas de réplique, Didace trancha :

— Neveurmagne ! Le fournil attendra : il est pas à l'agonie.

— Voyons, se dit Phonsine, v'là mon beau-père qui va se
mettre à sacrer en anglais comme le Survenant ?

Didace s'installa à l'avant de la chaloupe. Ils traversèrent
le chenal à la rame, puis le Survenant se mit à percher le long
de la rive nord.

— Tu ferais mieux de prendre la « light » de l'Île aux
Raisins comme amet, lui conseilla Didace. C'est écartant dans
les îles à cette saison-icitte.

Les grandes mers de mai avaient fait monter l'eau de nouveau. À mesure qu'il avançait, le Survenant s'étonna devant
le paysage, différent de celui qu'il avait aperçu, l'automne
passé. En même temps il avait l'impression de le reconnaître
comme s'il l'eût déjà vu à travers d'autres yeux ou encore
comme si quelque voyageur l'ayant admiré autrefois lui en eût
fait la description fidèle. Au lieu des géants repus, altiers, in-
faillibles, il vit des arbres penchés, avides, impatients, aux
branches arrondies, tels de grands bras accueillants, pour attendre le vent, le soleil, la pluie : les uns si ardents qu'ils confon-
daient d'une île à l'autre leurs jeunes feuilles, à la cime, jusqu'à former une arche de verdure au-dessus de la rivière, tandis
qu'ils baignaient à l'eau claire la blessure de leur tronc mis à
vif par la glace de débâcle ; d'autres si remplis de sève qu'ils
écartaient leur tendre ramure pour partager leur richesse avec
les pousses rabougries où les bourgeons chétifs s'entrouvraient
avec peine.

Tout près un couple de sarcelles se promenait. Indolente,
la cane retourna à sa couvée pendant que le mâle s'ébrouait de
fierté, mais tout le temps vigilant à l'égard de la jeune mère.

Ni l'un ni l'autre ne se montrèrent farouches à l'approche de l'embarcation. Le sentiment de la vie était si fort en eux qu'il leur faisait dominer leur peur naturelle de la mort.

La chaloupe navigua dans un chenal de lumière entre l'ombrage de deux îles, lumière faite du vert tendre des feuilles, de la clarté bleue du ciel et de la transparence de l'eau, sûrement, mais aussi lumière toute chaude de promesse, de vie, d'éternel recommencement. Un courage inutile assaillit le Survenant. Une odeur nouvelle força son sang. Il eût voulu se mesurer à une puissance plus grande que lui, abattre un chêne, vaincre un dur obstacle ou peut-être bâtir une maison de pierre. Seul, il eût crié toute sa force. D'instinct, il se mit à percher si rapidement que la chaloupe faillit verser.

— T'es ben en jeu, lui remontra Didace. Fais attention : tu vas nous neyer le temps de le dire.

Le soleil chauffait. Venant sentit ses épaules pénétrées de chaleur ainsi que sous la pression de deux mains amicales.

Il enleva son mackinaw et s'assit en demandant :

— Nagez-vous, père Didace ?

— Non. On nage pas par icitte. Seulement on sait naviguer.

— En plein comme les coureurs des bois.

Mais, plus pour lui que pour son compagnon, Venant ajouta :

— Beauchemin... c'est comme rien, le premier du nom devait aimer les routes ?

— T'as raison, Survenant. Les premiers Beauchemin de notre branche tenaient pas en place. Ils étaient deux frères, un grand, un petit ; mieux que deux frères, des vrais amis de cœur. Le grand s'appelait Didace. Le petit, j'ai jamais réussi à savoir son petit nom. Deux taupins, forts, travaillants, du vif-argent dans le corps et qu'il fallait pas frotter à rebrousse-poil trop longtemps pour recevoir son reste. Ils venaient des vieux pays. L'un et l'autre avaient quitté père et mère et patrie, pour devenir son maître et refaire sa vie. Ah ! quand il s'agissait de barauder de bord en bord d'un pays, ils avaient pas leur pareil à des lieues à la ronde. Comme ils avaient entendu parler des alentours où c'est qu'il y avait du bois en masse et des arbres assez hauts qu'on les coupait en mâts pour les vaisseaux du roi, ils sont arrivés au chenal, tard, un automne, avec, pour tout avoir, leur hache, et le paqueton sur le dos. Et dans l'idée de repartir au printemps. Seulement, pendant l'hiver, le grand s'est pris si fort d'amitié pour une créature qu'il a jamais voulu s'en retourner. Dans les commencements, ça demandait pas rien que le courage d'un homme, mais celui d'une bonne femme ben vaillante avec, pour résister dans le pays : la rivière qui montait, tous les printemps, et qui lichait la maison, à chaque coup d'eau, quand elle la neyait pas. Tout était toujours à recommencer.

Il s'est donc marié et c'est de même qu'on s'est enraciné au Chenal du Moine. L'autre Beauchemin s'est trouvé si mortifié qu'il a continué son chemin tout seul.

Soudainement, le Survenant se mit à chantonner. Les mots d'une complainte lui vinrent à la bouche :

Peuple chrétien, écoutez la complainte
D'un honnête homme qui veut se marier

Après la messe il va voir son monde
Les jeunes gens qu'il avait invités

Son frère aîné arrivant à sa porte
Le cœur gonflé, il se met à pleurer

— Qu'a-vous, mon frère ? Qu'avez-vous à pleurer ?
— Ah ! si je pleure, je déplore votre sort.

Laissez, mon frère, laissez ce mariage
Je vais payer les dépenses qui sont faites

Mais sans le laisser achever, Didace entonna :

Tenez, mon frère, voilà deux portugaises,
Ne pensez plus à votre fiancée...

Puis il continua à raconter :

— Tout ce qu'on a su de lui, c'est que, par vengeance, il a jamais voulu porter le nom de Beauchemin : il s'est appelé Petit.

— Petit ! s'exclama le Survenant. Pas Beauchemin dit Petit ?

— Sûrement. Quoi c'est qu'il y a d'étrange là-dedans ?

— Ça me surprend parce qu'il y a eu des Petit dans notre famille.

Sa grand-mère était une Petit. Serait-il du même sang que les Beauchemin ? À cela, rien d'impossible. Et il en serait fier. Mais songeant à la parole du père Didace, au sujet des premiers Canadiens, parole qui avait dû passer de bouche en bouche non comme un message, mais simple vérité, il se perdit en réflexions : « Pour refaire sa vie et devenir son maître » : c'est ainsi que si peu de Français, par nature casaniers, sont venus s'établir au Canada, au début de la colonie, et que le métayage est impossible au pays. Celui qui décide de sortir complètement du milieu qui l'étouffe est toujours un aventurier. Il ne consentira pas à reprendre ailleurs le joug qu'il a secoué d'un coup sec. Le Français, une fois Canadien, préférerait exploiter un lot de la grandeur de la main qu'un domaine seigneurial dont il ne serait encore que le vassal et que de toujours devoir à quelqu'un foi, hommage et servitude.

À son insu, il venait de penser tout haut. Didace n'en fit rien voir. Rempli d'admiration et de respect pour une si savante façon de parler, il écouta afin d'en entendre davantage, mais le Survenant se tut. Didace pensa : « Il a tout pour lui. Il est pareil à moi : fort, travaillant, adroit de ses mains, capable à l'occasion de donner une raclée, et toujours curieux de connaître la raison de chaque chose. » Le vieux se mirait secrètement dans le Survenant jusqu'en ses défauts. Ah ! qu'il eût aimé retrouver en son fils Amable-Didace un tel prolongement de lui-même !

Alors, en gage d'amitié et pour mieux s'attacher le Survenant, il voulut lui apprendre un secret : « le malheureux qui porte dans son cœur un ennui naturel, s'il croit trouver toujours plus loin sur les routes un remède à sa peine, c'est pour rien qu'il quitte sa maison, son pays, et qu'il erre de place en place. Partout, jusqu'à la tombe, il emportera avec soi son ennui. » Mais Didace ne savait pas le tour de parler. Il chercha ses mots. S'il se fût agi de rassembler un troupeau de bêtes effrayées, sur la commune, la Saint-Michel sonnée, là, par exemple, il eût été à son aise ! Mais, des mots contre lesquels on se bat dans le vide ? Au moment de parler, une gêne subite le serra à la gorge. L'instruction du Survenant le dominait.

Mais Didace rêve. Le Survenant ne repartira pas. À la première nouvelle, il épousera Angélina Desmarais. À son tour il prendra racine au Chenal du Moine pour le reste de ses jours. Il sera le premier voisin des Beauchemin, et sans doute marguillier, un jour, maire de la paroisse, puis qui sait ?... préfet de comté... député... bien plus haut placé que Pierre-Côme Provençal.

Couac ! Dans un bruissement sec, un butor, de son vol horizontal, raye le paysage. L'eau clapote contre la barque. Didace se réveille. Brusquement il questionne :

— Survenant, dis-moi comment c'est que t'es venu à t'arrêter au Chenal.

Aussi brusquement le Survenant se remet à percher, debout au grand soleil. Sonde-t-il dans toute sa profondeur l'amitié du père Didace ? Soudain, il consent à un aveu, en éclatant de rire :

— Ben... je finissais de naviguer... J'avais bu mon été... puis l'hiver serait longue...

*
* *

À l'entrée du lac, l'air du large fouetta la figure des deux hommes. Le Survenant cessa de percher et Didace plaça les rames dans les tolets. Il venait d'apercevoir son canot de chasse, avec un homme à l'aviron. Il dirigea droit à lui l'embarcation qu'il colla à côté et ordonna brièvement :

— Débarque ! donne-moi mon canot !

L'autre se défendit :

— C'est-il votre ca-a-a-not ? Ça parle au yâble. Moi qui cherchais partout à-à-à qui c'est qu'il pouvait ben a-a-a-appartenir. Il s'en venait tout seul en flotte sur l'eau. Je l'ai- ra-a-a-a-massé tout bonnement.

— Débarque ! donne-moi mon canot !

Le Survenant intervint. On n'allait pas abandonner un homme en plein lac, dans le chenal de la grosse navigation. Il fallait le reconduire à sa barge.

Didace tempêtait toujours :

— Non ! Qu'il débarque t'de suite ! Qu'il me donne mon canot ! Je les connais trop, ces ban-an-an-des de maudits-là. Ils bèguent rien que pour se chercher une excuse. Tout ce qui fait leur affaire, un poêle, une ancre de mille livres, ils l'ont toujours trouvé en flotte !

La figure cramoisie, il bouillonnait de colère et tout le temps qu'il parlait, à tour de bras il secouait le canot :

— Si j'm'écoutais, mon gars, je te poignerais par l'soufflier, et je t'étoufferais dret là !

Une fois Didace calmé, ils accompagnèrent à la barge l'homme encore blême de peur. Puis ils s'engagèrent de nouveau dans le chenal, avec le canot à la touée. Ils naviguaient en silence depuis un bout de temps lorsque Venant aperçut à un coude de la rivière deux Provençal qui remontaient le courant à la cordelle. Debout, à l'arrière, Pierre-Côme gouvernait le chaland rempli de bois de marée tandis que son fils, Joinville, avançait sur la grève, un câble sur l'épaule, en halant à l'avant. Pierre-Côme, voyant Didace oisif, à fumer, lui cria :

— C'est ça, mon Didace, travaille. L'ouvrage sauve.

— Va chez l'yâble ! riposta vivement Didace.

Leur gros rire résonna longtemps sur l'eau. Mais après qu'ils se furent éloignés des Provençal, Didace dit à Venant :

— Lui, c'est le vrai cultivateur ! Quatre garçons, quatre filles, tous attachés à la terre, toujours d'accord. Ça pense jamais à s'éloigner ni à gaspiller. Et l'idée rien qu'à travailler et à agrandir le bien.

— Il vous aurait fallu des garçons de même, observa le Survenant.

— C'est ben là ma grande peine. Au moins si le dernier eusse vécu. Mais, Amable, lui, je peux presquement pas compter dessus pour prendre soin de la terre. Quand je serai mort, aussi vrai que t'es là il la laissera aller. Il est pas Beauchemin pour mon goût. L'ouvrage lui fait peur, on dirait. Toujours

141

éreinté, ou ben découragé. Le bo'homme Phrem Antaya tout craché ! Il a apporté ça de sa mère. Du côté des Antaya, il y avait rien que Mathilde de vaillante. Les autres, les frères, les sœurs, tous des flancs mous. Torriâble ! à l'âge d'Amable, dans le temps qu'on battait encore au fléau et qu'on fauchait de grandes pièces de foin à la faux ou ben à la faucille, j'avais le courage d'enjamber par-dessus la grange. Je me rappelle qu'un printemps l'eau avait monté assez haut qu'on a dû rapailler notre butin partout, passé les îles et jusque dans l'anse de Nicolet. Après, pour venir à bout de se gréyer en neuf, moi puis Mathilde, on s'est-il nourri longtemps rien que de poisson à la sel-et-eau. Le matin, j'allais visiter mes pêches. Le poisson qu'était pas vendable, je le mettais de côté. La femme l'accommodait en le jetant tout vivant dans une chaudière d'eau bouillante, avec une poignée de gros sel. On le mangeait de même, sans beurre, sans aucun agrément. La première fois on trouve ça bon. Mais jour après jour, tout un été de temps, à la longue l'estomac nous en criait de faim. Fallait tant ménager... Et si on en avait du cœur pour défendre son bien !

— Du cœur ? C'est pas ce qui vous manque. Je vous regardais tantôt quand vous étiez choqué : vous êtes loin d'être vieux. Vous pourriez encore élever une famille.

Didace sursauta : se remarier ? À son âge ? Prendre une deuxième femme assez jeune pour lui donner un ou deux garçons semblables à lui ? Il n'y avait jamais songé.

Sous ses sourcils en broussaille, son regard fouilla le visage du Survenant : il était lisse comme un miroir, sans un clignement d'yeux, sans un plissement de nez, sans le moindre sourire. Inconsciemment, Didace redressa ses épaules affaissées.

— On le sait ben : j'suis pas des plus jeunes, mais j'suis pas vieux, vieux comme il y en a, pour mon temps.

Arrivé au quai, pendant que, penché au-dessus de la chaloupe, il en enlevait les rames, il dit, sans lever la vue sur le Survenant :

— J'me demande quel âge l'Acayenne peut ben avoir, elle ?

— Ah ! elle est proche de la quarantaine, mais je jurerais ben sur l'Évangile qu'elle a pas un jour de plus.

15

DU véritable printemps bref et chaud, l'on passa presque sans transition à l'été. Maintenant, quand Phonsine, à son réveil, traversait de la grand'maison au fournil, elle trouvait le chat couché dans un large carreau de lumière qu'un soleil franc découpait sur le plancher. Depuis plusieurs semaines déjà les portes des granges avant le jour s'ouvraient avec fracas et, au moindre mouvement des hommes ou des bêtes, les faux, les râteaux, tous les outils cliquetaient contre les murs.

Un midi la cigale chanta. Venant, allongé sur l'herbe, l'entendit le premier. Il dit :

— Écoutez-moi donc la cigale chanter !

Phonsine, un plat lourd au bout de ses bras, allait jeter l'eau grasse sur les plants de tomates. Elle pausa en chemin. Accablée, les cheveux collés au front, elle resta sans bouger, pareille à une statue de bois, à penser :

— C'est un signe de chaleur. On cuit déjà comme dans un four. Quoi c'est qu'on va ben devenir ?

Après un léger somme, Venant bondit sur ses jambes. C'était dimanche. Il irait achever l'après-midi auprès d'Angélina. Il se rendit à la pompe. D'un unique et vigoureux coup de bras, il emplit le baquet et le renversa sur sa tête penchée. À l'aide de quatre doigts, il peigna sa chevelure. Sa toilette ainsi faite, il se mit en route.

Vêtue de sa bonne robe d'alpaca gris garnie de padou noir sur laquelle elle avait épinglé, par suprême coquetterie, un bout de dentelle en jabot, Angélina, le visage reluisant de propreté, se berçait dans la balançoire, son missel à la main. Mais elle ne lisait point. Car d'aussi loin qu'elle vit Venant s'engager dans le chemin, vivement elle s'empressa de lui faire une place à ses côtés. Puis elle lissa ses cheveux et se pinça les joues.

Au lieu de s'asseoir près d'Angélina, Venant entra dans la maison. Une fraîcheur saisissante y régnait. Comme s'il en eût été le maître, d'une main ferme il fit claquer les contrevents et il s'installa à l'harmonium.

Par la fenêtre la musique parvint, adoucie, jusqu'à Angélina. Tout en dodelinant la tête, tout en se berçant, elle laissa son regard errer sur les alentours. Des champs lointains une odeur de miel arrivait jusqu'à elle. Que se passait-il dans le monde ? Jamais elle n'avait vu le chenal charrier pareille eau de pure émeraude. Ni les liards autour de la maison déplier aussi délicatement la soie de leurs feuilles luisantes. Jamais les longues terres n'avaient bleui ainsi jusqu'à la ligne sombre du bois, sous la levée de la jeune avoine. Ni le soleil poudrer autant d'or sur la plaine. Jamais, au grand jamais...

— T'es ben jongleuse, Angélina. As-tu perdu un pain de ta fournée ?

Surprise, Angélina rougit. Lisabel Provençal et Bernadette Salvail — celle-ci empesée dans sa robe à falbalas de mousseline blanche et son ceinturon de moire flamme, laissant voir à dessein la tige de ses bottines boutonnées — étaient près d'elle à la reluquer. Un doigt sur les lèvres, elle leur fit signe de se taire. Mais inutilement : le Survenant avait reconnu leur voix. Avec impatience il plaqua un accord et se leva :

— Un harmonium, c'est trop lent. Ça répond pas. Parlez-moi d'un piano. Le son part et s'arrête à volonté.

— Chante au moins, Survenant, si tu veux pas nous jouer un air, lui cria Bernadette.

Venant, la chevelure déjà en révolte, encadra un moment dans la croisée sa robuste figure :

— C'est bon. Je vas vous chanter la chanson qu'une actrice chanta à un roi qui l'aimait.

De nouveau l'harmonium souffla péniblement, ronfla, puis la musique se plaignait, presque humaine, avec la voix du Survenant.

Sous l'impulsion des trois femmes inclinées, la balançoire reprit son rythme berceur. Mais Angélina, déroutée par la présence de ses compagnes, ne retrouva pas le fil enchanté de sa rêverie. Peu logique, aveuglée par son sentiment, l'infirme qui trouvait en soi toutes les raisons d'aimer le Survenant n'admettait pas qu'une autre femme eût pour lui l'ombre d'un penchant amoureux. Lisabel, bonne comme du pain blanc, n'avait rien de redoutable, mais que venait chercher ici la belle Bernadette Salvail, écourtichée dans sa robe blanche, avec un ceinturon de soie transparente et des bottines boutonnées haut ? Elle et ses petits manèges...

De la bouche du Survenant le moindre compliment eût eu pour Bernadette Salvail la valeur d'une parole d'Évangile. Mais dépitée de le voir faire si peu de cas d'elle et des frais atours qu'elle avait revêtus uniquement en son honneur, elle prêta à son chant une oreille déçue, tout en se rongeant un ongle, avec acharnement, jusqu'au ras de la peau.

Reviens, veux-tu...

C'est à croire qu'un roi se laisse tutoyer par une actrice et chanter des chansons composées de mots ordinaires, à la portée du plus humble sujet !

Quand on sait comment les rois, habillés de pourpre, d'hermine et chamarrés d'or, des pieds à la tête, passent leur vie, assis sur un trône, le sceptre à la main et, sur la tête, une couronne garnie de toutes les pierreries imaginables... Quand on pense qu'il n'est permis de les approcher qu'après de grandes génuflexions, comme à l'église... ___

C'est à croire...

Elle chercha le regard de Lisabel, mais Lisabel Provençal, les yeux ronds comme deux globes frottés clair, regardait dans le vide. Elle se balançait, sans penser à rien. Il faisait beau soleil. Son prétendant, du Pot-au-Beurre, irait la voir, le soir même. Comme tous les soirs de bonne veillée, plutôt que d'y manquer, il serait en avance. De l'attente d'un être aimé que l'on tremble à tout instant de perdre et qu'il faut reconquérir à chaque nouvelle rencontre, elle ne connaîtrait jamais ni les ravissements, ni les angoisses : la ponctualité de son prétendant lui garantissait une sécurité étoffée. Au bout de six mois francs de fréquentation, il lui demanderait de bon cœur de l'épouser. De bon cœur elle l'accepterait. Et leur vie d'époux s'accomplirait sans plus d'émoi.

Bernadette grimaça sans gêne. Angélina, voulant l'éloigner à tout prix, inventa un prétexte :

— Le Survenant a parlé de faire un tour de voiture. Ça dégourdira les pattes du Blond en même temps.

Bernadette comprit. Par malice elle pensa à rester. Mais sous le regard sévère de l'infirme, elle se ravisa et partit, emmenant avec elle Lisabel, avant la fin de la chanson.

Le Blond, fringant, difficile à conduire, détala et la voiture légère fila comme un coup de vent sur le chemin de Sainte-Anne. Au village, après vêpres, quatre hommes, par équipe de deux, en bras de chemise, le canotier sur les yeux, jouaient au croquet. Sur le bord de la bande, une bonne douzaine de villageois de tous les âges suivaient intensément les périodes. Le joueur, un gros homme, perplexe, restait penché, le derrière en l'air. Son pantalon, lustré par l'usure, luisait ainsi en deux ronds au soleil, car l'étoffe, loin d'être neuve, avait déjà subi l'épreuve d'être tournée à l'envers puis retournée à l'endroit. Un jeune s'impatienta :

— Aboutis, Cleophas !

De leurs regards courroucés, les partisans de Cleophas firent comprendre à l'effronté de modérer ses transports. N'y allait-il pas de l'honneur de tout un camp ?

— Prends ton temps, Cleophas !

Le maillet en main, celui qu'on nommait Cleophas continua à s'exercer de toutes les manières à frapper la boule, mimant un petit coup à droite, un moyen coup à gauche, un grand coup en plein centre. Son partenaire ne lui ménageait pas les conseils tandis que les adversaires, rongés d'inquiétude, tourmentaient leur moustache. Soudain il se redressa et l'on put voir sa figure, aussi rouge qu'une fressure de porc. Avec l'air d'un désespéré, décidé à tout, il jeta un regard de stratège à l'arceau qu'il s'agissait de franchir. On crut qu'il prenait son élan pour quelque coup décisif, mais non : de ce pas spécial, léger et nonchalant qu'ont certains obèses, il allait simplement mesurer la distance de la position de sa boule à celle de l'adversaire. Un murmure de désappointement parcourut la bande.

Venant ne voulut pas suivre la partie davantage.

— Marche, marche !

Délassé de l'oisiveté de l'écurie, le Blond reprit le petit trot, sa vaste croupe soyeuse, d'un flic-flac en cadence, ondulant sans repos.

— La belle vie qu'ils mènent, les gens du village ! observa Angélina. Rester autour de l'église de même, on doit se sentir plus dévotieux, il me semble. Puis les voisins proches à proches... le magasin à la porte... et des amusements à en plus finir, comme tu vois...

Le Survenant persista à se taire. Alors elle lui demanda :

— À quoi c'est que tu jongles ?

Il hésita puis dit, rêveusement :

— Je pensais à ben des choses.

— À quoi encore ?

— Je pense que nulle part j'ai resté aussi longtemps que par ici. Avant, quand j'avais demeuré un mois à un endroit, c'était en masse. Mais, au Chenal, je sais pas pourquoi... Peut-être parce qu'il y a de l'eau que j'aime à regarder passer, de l'eau qui vient de pays que j'ai déjà vus... de l'eau qui s'en va vers des pays que je verrai, un jour... je sais pas trop...

— Y a rien d'autre qui te retient, par hasard ?

Venant regarda au loin :

— À supposer que je te le dirais, la Noire, après serais-tu plus riche ?

Leurs yeux, ainsi que d'un commun accord, cherchèrent la rivière. On eût dit que le fleuve complice voulait fêter quelque convive rare : entre deux coteaux sablonneux, il dressait une grande nappe d'eau claire que le soleil parait d'énormes gerbes d'or.

*
* *

Après avoir traversé au pas la ville de Sorel, le cheval, sous la conduite du Survenant, s'engagea dans le chemin de Saint-Ours. Tout à coup il fit une embardée. Près d'une roulotte abandonnée dans le champ, un couple de bohémiens, vêtus de hardes de couleurs vives, se caressait, sur le talus, au bord de la route.

Angélina rougit :

— Regarde-moi donc ces campions...

— Quoi ! s'ils s'aiment...

— Raison de plus ! Je comprends pas que...

— Quoi, encore ?

— Qu'il y en ait pour qui l'amour soye... rien que ça.

L'air soudain attristé, le Survenant regarda ailleurs et marmonna :

— Faut jamais mépriser ce qu'on comprend pas. Peut-être qu'avec tout le reste, ce rien-que-ça, il y en a qui peuvent pas l'avoir.

Attristée à son tour de la tristesse inexplicable du Survenant, Angélina se tut. Ils allèrent ainsi, silencieux, côte à côte, si près qu'ils sentaient la chaleur de leurs bras à travers les vêtements, mais éloignés à des lieues par la pensée. Passé la maison du Gouverneur, ils virèrent de bord pour retourner au Chenal. Devant le campement de bohémiens, la jeune gipsy, maintenant seule, sourit au Survenant. De ses longs yeux pers, de ses dents blanches, de tout son corps félin, elle l'appelait. Sans un mot il mit les guides dans les mains d'Angélina et sauta en bas de la voiture.

Abandonné à sa seule fantaisie, le cheval arracha d'abord un bouquet de feuillage à un arbrisseau puis avança, pas à pas, en rasant l'herbe douce, à la lisière du chemin. Non loin de là une vieille bohémienne trayait une chèvre tout en parlant avec volubilité à une jeune femme occupée à laver un bébé dans une cuve. Nu-pieds, en guenilles, deux gamins pourchassaient autour de la roulotte un chien jaunâtre, marqué de coups. Trois chevaux maigres, si maigres qu'on aurait pu compter leurs côtes — de vraies haridelles — assistaient impassibles à la course. L'œil somnolent, la mâchoire baveuse, ils ne remuaient la queue ou la crinière que pour éloigner les mouches acharnées à leur carcasse.

— Ah ! les campions de maquignons ! pensa avec mépris Angélina. Ils auront besoin d'engraisser ces chevaux-là avant de les passer aux gens du Chenal...

Mais au cœur d'Angélina, le temps ne filait pas vite. Les minutes avaient la durée des heures. Pourquoi le Survenant s'attardait-il ainsi auprès de la gipsy ? Si la première passante peut, d'un regard en coulisse, d'un sourire effronté, d'un déhanchement exercé, retenir un homme, ce rien-que-ça a donc tant de prix à ses yeux ? À quoi sert alors à une fille qui ne l'a pas en partage d'être sage, dévouée, fidèle à son devoir ?

Angélina ne comprenait plus rien. Ce qu'elle avait toujours cru une honte, une servitude, une pauvreté du corps, le Survenant en parlait comme d'une richesse ; une richesse se complétant d'une richesse semblable cachée en un autre être, quoi ? Ses yeux s'ouvraient à la vie. Maintenant, la richesse lui apparaissait partout dans la nature. C'est donc elle la beauté qui épanouit une fleur sur la tige, à côté d'une corolle stérile ? Et encore elle, la joie qui donne à un oiseau son chant, à l'aurore, près d'un oiseau silencieux et caduc, sur la branche ? Est-ce elle la nostalgie qui rend plus farouche la louve solitaire et la retient sur la sente où son compagnon succomba au piège de l'homme ? C'est elle qui, par les nuits trop douces, pousse la bête à clamer en hurlements à la lune la peine et l'inquiétude en ses flancs ? Mais pourquoi les uns en possèdent-ils le don et d'autres l'ignorent-ils ? Source vive, aux lois mystérieuses dont seul le Créateur a le secret...

Angélina tourna la tête et affecta de se perdre en contemplation devant le Petit Bois de la Comtesse, mais, d'un regard oblique, elle pouvait apercevoir le couple. Penchée au-dessus, la bohémienne examinait la main du Survenant qu'elle tenait près d'elle.

— Flatter la main du Survenant, sa grande main en étoile, faut pas être gênée ! pensa Angélina avec une indignation mêlée de regret.

Mais quelle machine infernale s'avançait à une allure effrénée sur la route, dans un nuage de poussière et un tintamarre effrayant ? Une automobile ! Angélina se précipita sur les guides. Trop tard cependant. Le Blond, rétif, se cabrait, cherchait à sortir des brancards et à tout casser. « Voyons ! le Blond ! » Angélina ne savait plus comment le maîtriser. « Fais pas le fou, le Blond, je t'en prie ! » Allait-il se jeter dans le fossé ou renverser la voiture et partir à la fine épouvante ?

— Le Blond !

Heureusement le Survenant bondit comme par enchantement. Il saisit le cheval à la bride et d'une poigne dure le maintint tranquille : l'étrange véhicule fonçait près d'eux.

Le cœur encore battant d'émoi, Angélina regarda filer l'auto, mais elle n'entrevit que le dos de deux femmes qui lui parurent élégantes, coiffées de bonnettes de soie tussah, laissant flotter au vent de longues écharpes de tulle illusion, bleu Marie-Louise.

Le Survenant reprit sa place à côté d'Angélina et ils se remirent en route vers Sainte-Anne.

— Tu sais pas la grande nouvelle ? demanda aussitôt Venant, tout excité. Il y a un cirque qui vient à Sorel à la fin de la semaine. Ah ! va falloir que j'y aille à tout prix. Un cirque ! Tu y penses pas ?

Un cirque ! Le Survenant regarde défiler en soi la parade, au son de fanfares claironnantes : des bouffons tristes en pirouettes, les paupières fendues horizontalement d'un trait de khol. Une cavalcade de cow-boys. Un nain malmène le géant. Des écuyères, la taille sanglée dans des oripeaux aux couleurs impossibles, sourient, sur des chevaux qui se cabrent. Grimpée sur un carrosse rose et tout doré qu'on a assurément dérobé à un conte de fées, la reine de la voltige envoie des baisers. Puis ondule la longue vague grise des éléphants à la queue-leu-leu. Un phoque savant et vertical, dans sa robe luisante, cherche à faire la belle. Les singes à panache et à veston bigarré jouent des tours au lion. Toute la jungle. Et le Far-West. L'Asie. L'Afrique. Le monde. Le vaste monde. Et puis la route...

— C'est-il gratis ? questionna Angélina.

Le Survenant se réveilla : il revenait de loin et ne put réprimer un long éclat de rire. Angélina prononçait : grati. Ah ! la Normande qui pense toujours à ses sous !

Pour la première fois, Angélina ne reconnut pas sur la bouche du Survenant le grand rire clair qu'elle aimait tant et qui résonnait comme la Pèlerine de Sainte-Anne, quand le temps est écho. C'en était trop. Le mauvais rire, après l'intrusion de Bernadette Salvail, les paroles de tristesse du Survenant, la familiarité de la bohémienne et le passage de l'automobile, acheva de la bouleverser. Son cœur, alourdi de chagrin, se mit à fondre en pleurs. Vainement elle chercha à refouler puis à dérober ses larmes : elles tremblèrent d'abord par petits grains, au bord des cils, comme la pluie fine, indécise ; puis elles tombèrent par brins drus sur ses lèvres comme la pluie chaude de l'été ; puis par grosses gouttes, sur ses mains, comme l'ondée.

Le Survenant s'étonna de les voir tomber :

— Tu pleures ? Pourquoi que tu pleures, Angélina ? Pas par rapport à moi, hein, la Noire ? Je veux pas que tu verses une seule larme pour moi. Jamais !

De son mieux Angélina ravala son chagrin et, déjà courageuse, répondit :

— Ben non, je pleure pas.

Mais elle étouffait :

— Voyons, la Noire, j'ai arrêté juste le temps de faire dire ma bonne aventure. Faut pas penser que j'ai voulu te causer de la peine. Tu sais, la Noire, dans le fond de mon cœur, je suis pas méchant.

« Seulement, il faut toujours aller jusqu'au fond pour le savoir », pensa malgré soi Angélina. Mais trop heureuse de saisir à la volée la première raison de pardonner au Survenant, elle admit, à travers un gros soupir :

— Je le sais ben trop, va !

Puis incapable de résister davantage à sa curiosité, elle questionna d'un ton qu'elle tâcha de rendre indifférent mais qui, à la vérité, se révéla bourré d'anxiété :

— Quoi c'est qu'elle t'a tant dit, la gipsy ?

Le Survenant hésita :

— Elle m'a dit qu'avant longtemps je ferais... une longue route.

— Tu l'as pas cru, au moins ?

Pour toute réponse le Survenant haussa les épaules et fit une moue d'incertitude. Angélina attendit dans l'espoir qu'il rachèterait sa réponse par de meilleures paroles. Mais vainement. Seul le sable grinçait sur la route où les roues de la voiture légère s'enfonçaient.

*
* *

Trois petites tentes autour de la tente centrale, à peine plus étendue, une baraque délabrée, quelques loups-cerviers, un porc-épic, deux ours bruns si apprivoisés qu'ils avaient, devant le monde, des timidités presque humaines et qu'il semblait bien inutile de les tenir encagés, constituaient le gros de la fête foraine.

Devant un grand oiseau en carton, un petit vieux, ancien bouffon n'ayant conservé, des meilleurs jours, que l'art du boniment, s'égosillait à crier :

— Venez voir le grand pélican blanc qui a trente-six dents dont vingt-quatre à la mâchoire et douze au fondement, de sorte qu'il mâche les aliments en entrant et...

Mais apercevant une fille rougeaude au corsage fourni et dont les hanches gonflaient la jupe de toile blanche, il s'interrompit et, à la grande joie de l'assistance, leva les yeux au ciel, pour échapper un profond soupir :

— Ah ! si j'étais pas marié !

Repris aussitôt par le métier, il continua, sans prendre le temps de souffler :

— Seulement dix cennes pour voir de près le grand pélican blanc qui a trente-six dents dont vingt-quatre...

Le reste se perdit au milieu des rires.

Depuis le dimanche précédent, le Survenant ne parlait que de cirques et d'amusements. Mécontent d'un tel acharnement à faire miroiter, aux yeux des gens du Chenal du Moine, des plaisirs qu'il jugeait superflus, Pierre-Côme Provençal le lui avait reproché :

— T'es donc ben riche, Grand-dieu-des-routes, pour toujours chercher à dépenser de l'argent ?

— Pas le sien, en tout cas, avait remarqué Amable, enchanté de voir Venant pris à partie par le maire.

— Ni le tien non plus, sois-en sûr et certain, riposta le Survenant, en faisant sonner de la monnaie dans ses poches. Il sortit même plusieurs trente-sous à la vue de tout le monde. Amable soupçonna Angélina de lui avoir de nouveau avancé de l'argent. Ah ! la folle ! Elle n'en reverrait jamais la couleur !

Comme c'était samedi, jour de marché à Sorel, la plupart des jeunesses du Chenal, Joinville Provençal et Amable Beauchemin parmi eux, avaient réussi à s'esquiver des femmes pour se rendre à la fête. À la fois déçus de ne pas trouver au cirque des amusements semblables à ceux dont on disait le parc Sohmer fourni, et encombrés d'une joie inutile, ils errèrent sans but. La semaine entière, ils s'étaient préparés à une gaieté extraordinaire. Maintenant ne sachant à quoi l'employer, leurs cœurs s'en trouvaient comme endimanchés et à la gêne. Ils se campèrent en face d'une tente et se mirent à fumer leur pipe, en regardant de droite à gauche, pour filer le temps.

Ce fut le Survenant, à force de s'extasier devant deux lutteurs en brayets, qui réussit à les défiger :

— Aïe ! regarde-moi-les donc ! Si on dirait pas deux étalons : un claille et un percheron !

Sur une petite plate-forme, un homme qui devait cumuler les fonctions de gérant, d'arbitre et de bonimenteur, s'adressa à la foule :

— C'est le bon temps, les amis. Essayez vos forces. Entrez. Par ici, messieurs. Vous avez devant vous Louis l'Étrangleur, le champion de la France, qui arrive d'une tournée en Europe et en Espagne, le champion qui a rencontré le fameux boucher de Toulouse, le lutteur mystère de Dieppe. Il a aussi terrassé le Japonais Zatiasma de la Nouvelle-Z'Irlande. Il serait capable de battre Cazeaux et Constant-le-Marin ensemble. Une piastre de la minute à qui de vous sera pas couché au bout de cinq minutes de lutte avec le meilleur lutteur non seulement de Montréal et des environs, mais de toute la province de Québec, y compris Sorel.

— Ah ! cré bateau ! c'est quelqu'un ! c'est un homme ! admit un spectateur, en grande admiration.

Mais un autre protesta :

— Pousse pas. Oublie pas que les gars de Sorel ont le bras mortel. T'es dans le pays des taupins.

— Quiens ! Boucher Levert, le seul homme qui a battu Jos Montferrand, était de Sorel ! dit un ancien.

— Beau dommage !

Le lutteur, glabre, jusque-là silencieux, le front bas, les sourcils froncés, croisait les bras dans une attitude qui tenait ensemble d'une pose napoléonienne et de la bravoure du jeune taureau prêt à foncer sur le premier obstacle, et qui pouvait aussi signifier : « Qu'il y en ait donc un parmi vous autres pour oser le démentir ! » Mais piqué dans le maigre de son orgueil par les dernières remarques, il se départit de son flegme :

— Il y en a une vingtaine dans le monde à prétendre qu'ils ont battu Montferrand. Mais c'est pas prouvé !

— En tout cas, reprit le vieux, Boucher Levert, c'était un bon homme ! Je l'ai vu se battre contre un Irlandais qui menait l'yâble dans l'élection du petit Baptiste, sur la terre de Moïse Rajotte, un dimanche après-midi. Il en avait fait rien qu'une bouchée. J'étais petit gars, mais je m'en rappelle trop : je l'ai entendu chanter le coq.

— Calvin ! se lamenta un autre avec regret, que c'est de valeur que le bo'homme Soulières soye pas icitte. Lui qui lève sur son dos une quille de tug, une quille en chêne, il lui en ferait un homme fort sur la margoulette !

— Puis Odilon, quoi c'est que vous en faites... commença Joinville.

Mais à la vue du Survenant à ses côtés et au souvenir de la bataille du temps des fêtes il se tut.

— Venez-vous dans la tente ? proposa quelqu'un.

— On y va, décida soudainement Venant.

Les autres l'imitèrent. Il laissa l'homme fort terrasser deux fiers-à-bras complices. Soudain, d'un saut, il franchit le câble qui entourait l'arène, un simple rond de sable, et enleva son mackinaw. Il disparut derrière un rideau vert à frange et revint en brayet. À la vue de la solide musculature du Survenant, le gérant l'avertit :

—— Tout est permis, la savate, le chui-chutsou, tous les coups. La direction du cirque est pas responsable des membres cassés, des côtes enfoncées, ni d'aucune conséquence. Vous luttez à vos risques, compris ? Si vous préférez vous retirer, il est encore temps. Compris ?

Peu impressionné le Survenant dont la taille semblait grandie par le port du brayet, se contenta de vérifier les câbles :

— Compris !

L'athlète forain avait reconquis son impassibilité. Le cou enfoncé, les yeux sans vie, le torse en baril et moulé de la ceinture aux pieds dans un tricot noir, il semblait un buste de plâtre monté sur socle. À ses côtés, le Survenant dont la poitrine et les longues jambes d'une blancheur presque féminine éclataient à travers la toison rousse au-dessus du brayet de velours pourpre, était l'image même de la vie.

—— Y avez-vous vu la longueur des gigots ? demanda Beau-Blanc, lui-même bas sur pattes.

Le petit homme qui posait à l'arbitre se frappa les mains : ainsi l'on sut que la rencontre commençait. Après l'accolade classique, les lutteurs échangèrent quelques coups, plus d'exploration que de prise réelle. Les parades alternaient, semblables aux figures rythmées d'un jeu chorégraphique.

Hypnotisés, les spectateurs suivaient la séance — Amable, le premier, partagé entre son antipathie pour le Survenant et une inconsciente solidarité : par le fait que Venant appartenait en quelque sorte à la maison, n'en rejaillirait-il pas, selon l'issue du combat, de l'honneur ou du déshonneur sur les Beauchemin ? — Une sourde impatience leur faisait devancer les mouvements des lutteurs : qu'attendaient-ils pour s'entrechoquer ? Pourquoi le Survenant ne donnait-il pas un croc-en-jambe à l'autre ?

— Aïe, Survenant, tignasse-le un petit brin dans l'jarret !

Le « Champion de la France », saisit à l'improviste le poignet de Venant. Mais d'un vif tour de bras, celui-ci déjoua le pouce qui cherchait le nerf sensible.

— Fais-tu du « viens donc » ? nargua le Survenant.

Au même instant, le forain, aiguillonné par la dernière remarque, écrasa, de son lourd brodequin, le pied nu du Survenant et lui porta un coup de genou au bas-ventre. Plié en deux, et geignant de douleur, Venant s'affala. L'Étrangleur, dont les traits, l'espace d'une lueur, s'éclairèrent du masque du vainqueur, prit son élan pour le terrassement final ; mais, tels des ressorts jumeaux, les jambes de Venant se détendirent pour atteindre l'adversaire en plein corps et l'envoyer rouler près des câbles. Venant se remit debout le premier, bien qu'il parût extrêmement affaibli. Cependant, les applaudissements l'aidèrent à reprendre son aplomb. L'arbitre voulut le disqualifier, mais l'assemblée protesta à toute voix :

— Pas de coups défendus ! C'est toi qui l'as dit ! Ton cochon a commencé avec son coup de genou ! Si la « fight » continue pas, on jette la tente à terre !

Le combat recommença. Plus circonspects, se sentant presque d'égale force, les deux hommes se livrèrent à une lutte purement horizontale, cette fois. Dans une série de savantes culbutes, de mouvements roulants, d'enlacements de bras et de jambes, nul n'aurait pu distinguer les membres des lutteurs si ceux de Venant n'eussent été nus.

— Mais il est ben fort, ce maudit-là ! reconnut l'ancien qui vantait tantôt Boucher Levert.

Au bout de trois minutes, le Survenant tenait bon. Quatre minutes, il luttait toujours. Soudain un cri, moitié d'alarme, moitié d'admiration, partit de l'assistance :

— Surveille ta gauche, Survenant, au nom du ciel !

Debout maintenant les ennemis tentaient mutuellement de s'assommer à coups d'avant-bras. À moitié suffoqué, Venant se dégagea avec peine d'une prise de tête en étranglement. Afin de reprendre haleine, il s'exerça à esquiver l'agresseur par une série de passe-passe instinctives.

— Au combat ! au combat ! pas de jeux ! commanda l'arbitre, espérant que son protégé coucherait ce téméraire paysan qui, non seulement risquait de détruire la réputation du « champion de la France », mais, ben pis, d'accaparer toute la recette de la journée.

Dans cette nouvelle accolade, Venant prévint l'Étrangleur :

— Fais attention, je vas me revenger.

— Revanche-toi.

— Varge dessus !

— Gêne-toi pas !

Les exhortations volaient de partout en même temps que de gros casques lancés en l'air et des tapotements de pieds sur le sol. Cinq minutes. Puis six. Le Survenant restait debout. Un peu ébranlé, mais les épaules toujours loin du matelas, au bout de dix minutes, il demanda l'arrêt du combat. On l'applaudit à s'en déboîter l'épaule, même ceux qui auparavant ne le connaissaient pas de vue : Hourrah pour le Survenant !

— Comment c'est que tu le nommes ? demanda l'un deux à Joinville Provençal.

—— Le Venant à Beauchemin, du Chenal du Moine.

Amable entendit mais ne protesta pas.

L'ancien tenait toujours à son temps :

— Boucher Levert, lui...

Personne ne l'écouta.

Encore étourdi le Survenant saignait du nez et il avait le visage rayé d'écorchures. Mais il se secoua la tête et revint aussitôt à ses sens. L'argent en poche, il sortit de la tente, la tête haute et le verbe insolent :

— J'aurais pu tenir encore une bonne demi-heure, mais je trouvais le motton assez gros pour qu'on puisse tous prendre un bon coup. Arrivez, les gars, à l'hôtel des chars !

— Ah ! cré Survenant ! Y est-il coq, nom d'un nom ! Un vrai boulé quoi !

*
* *

L'argent dépensé, le Survenant dont la soif, loin de s'étancher, s'était avivée à la consommation de quelques coups, tira des plans pour boire davantage.

— Les amis, dit-il fort sérieux, vous avez bu la traite du plus pauvre bougre du Chenal, il va falloir boire maintenant la traite du plus riche.

161

Les yeux se braquèrent sur Joinville qui rougit tel un enfant pris en faute. Il n'avait plus un sou vaillant en poche. On le vit, la honte au front, supplier l'hôtelier de lui accorder du crédit. Seul le Survenant, en apparence préoccupé uniquement de regarder dans la rue, ne sembla pas s'en apercevoir.

Trônant au comptoir du bar parmi les bouteilles dont le réfléchissement de la glace doublait le nombre, l'hôtelier, avec la dignité d'un roi jaloux de ses faveurs, refusa net, sans cesser de rincer ses petits verres. Pourquoi ferait-il crédit à des habitants du Chenal du Moine, quand il comptait parmi ses clients les gros boss de la compagnie Richelieu et des chantiers maritimes ?

Comme de fait, trois Écossais l'appelèrent à l'autre bout du comptoir :

— One gin, dit l'un.

— One scotch, ordonna l'autre.

Le troisième hésita, puis se décida à commander :

— Same thing !

L'aubergiste, qui ne comprenait pas un traître mot d'anglais, mais trop orgueilleux pour en rien laisser voir, servit les deux premiers. Arrivé au troisième, il poussa plusieurs bouteilles devant lui et dit :

— Choisissez !

On s'étonna d'entendre le Survenant demander tout à coup à Joinville :

— Un gros marché, Provençal ?

— Un gros marché ?

C'était la première fois que le jeune Provençal buvait de l'alcool. Ses idées se brouillaient et il n'avait guère la tête à lui.

Un gros marché ? Soudain il pensa à l'argent du marché, à l'intérieur de son veston. Quoi ! l'argent que les Provençal mettaient d'ordinaire en commun lui appartenait autant qu'à ses frères ? Éparpillant les billets de banque, il cria, comme un enragé :

— La traite ! la traite pour tout le monde dans l'hôtel !

— Une traite générale, ordonna l'hôtelier toujours avec dignité, mais amadoué à la vue de l'argent.

Quoiqu'il participât à chaque traite générale, l'hôtelier ne s'enivrait jamais. Il s'était ainsi créé une réputation de beau buveur parmi les clients de l'hôtel, lesquels le respectaient d'autant et ne lui engendraient jamais la moindre chicane. Lui-même encourageait la légende de son imperméabilité contre tout effet de l'alcool :

— Plus je bois, moins je suis chaud ! disait-il, tandis qu'il se servait de fortes rasades à même une fiole marquée gin spécial mais qu'il avait la précaution de toujours tenir à part, pour la bonne raison qu'elle ne contenait que de l'eau.

Le Survenant donna une grande claque dans le dos de Joinville :

— T'es sport, Provençal. T'es vraiment sport !

— C'est ça, dit Amable, flatte-le, à c't'heure que tu lui as fait dépenser l'argent du marché.

— Laisse faire, mon Provençal. Pour te dédommager, je vas t'apprendre à regagner le double. Tes poules là, si tu veux qu'elles pondent, l'hiver prochain…

Amable intervint :

— Aïe, Survenant ! livre pas tes secrets ! Oublie pas une chose : on te garde, nous autres !

Venant éclata de rire :

— Tu me gardes, toi ? Toi...

Mais il s'arrêta busquement. Debout contre le mur, d'une voix presque prophétique, il dit rêveusement :

— Ce qu'on donne, Amable, est jamais perdu. Ce qu'on donne à un, un autre nous le remet. Avec une autre sorte de paye. Et souvent au moment où on s'attend à rien. J'ai connu un matelot nègre qui jetait toujours à l'eau la première tranche de pain qu'il recevait sur le bateau. Il disait que, dans un naufrage, c'était grâce à un goéland s'il était pas mort de faim... Cast your bread... Ah ! neveurmagne !

Joinville Provençal pleurait à chaudes larmes, accoudé à une table :

— Maudit, que c'est beau ce que tu racontes là, Survenant ! Parle encore. Recommence ce que tu viens de dire. J'ai pas tout compris. Recommence. Le nègre... le goéland... la tranche de pain... là...

Après quelques tentatives futiles pour ramener Joinville, Amable abandonna les deux hommes à leurs effusions. Et avec les autres, il reprit le chemin du Chenal.

*
* *

Dès la première clarté, le lendemain dimanche, Angélina qui n'avait plus sommeil se leva. Incapable de demeurer oisive, elle prépara la moulée de gru qu'elle transporta au poulailler. Au retour, quoique frissonnante à la fraîcheur de l'aurore, elle resta dans le jardin.

Le ciel achevait de s'affranchir des ombres de la nuit. Seule une mince barre violette persistait autour de la terre. À l'orient, au-dessus de la baie de Saint-François, l'étoile du matin tremblotait encore, mais le soleil allait bientôt paraître.

D'ordinaire Angélina ne s'attardait pas, le matin, à observer autour d'elle. Mais levant la vue elle demeura éblouie devant l'illumination du ciel. C'était comme un déroulement de soieries de toutes les nuances. Tantôt elles se balançaient, ondulaient, molles et fugitives. Tantôt elles éclataient, se déchiraient en lambeaux, puis recommençaient à luire en une succession bien ordonnée de plis ridiges, horizontaux.

Mais soudain le soleil, abolissant l'opulence des soies, dans son unique beauté apparut à la terre.

En même temps, à la cime du paillis, près d'une grange basse, une crête rouge trembla et le coq, héraut fidèle, de son chant victorieux, annonça le triomphe du jour sur la nuit.

— Que la journée sera belle ! songea Angélina, en avançant vers la route.

Un vent léger comme un souffle passa. Aussitôt les liards tirés du sommeil agitèrent leur feuillage. Les feuilles avaient maintenant atteint leur grandeur, et les arbres la plénitude de leur ombre. La rosée perlait partout sur l'herbe. Indécis, un papillon battait des ailes et voltigeait d'une féverole à un jargeau bleu. À la moindre lisière d'herbe, les boutons-d'or, les vesces, les laiterons étalaient pêle-mêle la vivacité de leurs couleurs.

Angélina sursauta. Au milieu d'une touffe de grande oseille elle voyait bouger une large tache rouge. Sur le bord du fossé, près des liserons mauves enroulés aux perches de la clôture, un homme dormait, couché à plat ventre, une bouteille collée à sa joue. Le mackinaw du Survenant ! Impossible d'en douter : elle le reconnaissait aux manches rapiécées et aux reprises qu'elle-même y avait faites. Alors le Survenant avait repris à boire ? Quel malheur ! quelle misère ! Et surtout, que personne ne le sache ! Doucement elle s'approcha de l'homme et, pour le secourir, se pencha vers lui. Mais à peine inclinée elle s'écrasa, comme si une faux en embuscade lui eût tranché les deux jambes. Son cœur bondit tout ensemble d'étonnement et d'indignation : au lieu du Survenant, Joinville Provençal était couché là, inconscient, encore à moitié ivre.

— Joinville Provençal. Ah ! mon Dieu !

Mais sans réfléchir qu'il ne portait pas sans raison le mackinaw du Survenant, elle pensa aussitôt :

— Celui qui l'aura fait boire est grandement coupable !

16

DIS-NOUS, le Survenant, comment elle est la blonde au père Didace ? Tu la connais, toi ? Conte-nous ça !

Les mots tombèrent sur le cœur d'Alphonsine, comme des grêlons sur un toit. L'instant d'auparavant elle s'était tant réjouie de voir tous leurs voisins de nouveau réunis dans la maison. Septembre et les premières grandes pluies redonneraient donc aux veillées d'automne leur rythme familier de l'année précédente ?

— Si on dirait pas une soirée des jours gras, s'était-elle exclamée joyeusement, en accueillant les derniers arrivants. Dommage que mon beau-père soit allé coucher à la chasse, lui qui aime tant la compagnie !

Ce qu'elle avait pris pour pur adon ou visites amicales se révélait de la curiosité méchante. On était donc au courant des amours de Didace Beauchemin ? Elle voyait les hommes se carrer dans leur chaise, comme à l'attente de quelque grasse plaisanterie, et les femmes, sauf Angélina, affectant un complet détachement de la chose, s'occuper à pincer sur leurs jupes quelque grain de poussière imaginaire ou à examiner avec une attention trop soutenue la trame du tapis de table. Alphonsine guetta les regards de Venant afin d'obtenir qu'il se tût ; mais avant d'y avoir réussi, Amable, d'une voix forte et impérieuse qu'on ne lui connaissait pas, ordonna :

— Parle, Survenant. Ce que t'as à dire, dis-le !

Venant, d'ordinaire si hardi de paroles, soit qu'il se trouvât gêné d'avoir à porter semblable message, soit qu'il ne sût trop comment s'exprimer, mit du temps à répondre :

— C'est pas aisé à dire.

Il secoua la cendre de sa pipe et reprit :

— Si vous voulez parler de l'Acayenne, de son vrai nom Blanche Varieur, d'abord elle est veuve. Puis c'est une personne blonde, quasiment rousse. Pas ben, ben belle de visage, et pourtant elle fait l'effet d'une image. La peau blanche comme du lait et les joues rouges à en saigner.

— A fait pas pitié, éclata un des hommes en louchant sur sa pipe qu'il bourrait à morte charge à même le tabac du voisin.

— C'est pas tant la beauté, comme je vous disais tantôt, que cette douceur qu'elle vous a dans le regard et qui est pas disable. Des yeux changeants comme l'eau de rivière, tantôt gris, tantôt verts, tantôt bleus. On chercherait longtemps avant d'en trouver la couleur.

— Et de sa personne, elle est-ti d'une bonne taille ? demanda la femme à Jacob Salvail. Sûrement elle est pas chenille à poil et maigre en arbalète comme moi pour tant faire tourner la tête aux hommes. À vous entendre, Survenant, apparence que les hommes mangeraient dans le creux de sa main !

Les yeux de Venant s'allumèrent de plaisir.

— Pour parler franchement, à comparer à vous, madame Salvail, elle déborde.

— Grasse à fendre avec l'ongle ?

— Ah ! fit un autre, visiblement désappointé, je pensais qu'il s'agissait d'une belle grosse créature qui passe pas dans la porte, les yeux vifs comme des feux follets.

— Mais elle doit avoir de l'âge ? questionna Angélina, frémissante de regret, elle, si chétive, si noiraude, à l'évocation par le Survenant de tant de blondeur et de richesse de chair.

— Elle doit, mais c'est comme si elle était une jeunesse. Quand elle rit, c'est ben simple, le meilleur des hommes renierait Père et Mère.

— Je vois ben qu'elle t'a fait les yeux doux, remarqua tristement l'infirme.

— Quoi ! pas plus à moi qu'à un autre. Vous êtes tous là à me demander mon idée : je vous la donne de francheté. En tout cas, conclut-il, c'est en plein la femme pour réchauffer la paillasse d'un vieux.

— T'as pas honte ? lui reprocha Angélina.

La grande Laure Provençal s'aiguisa la voix pour dire :

— Fiez-vous pas à cette rougette-là. Elle va vous plumer tout vivant. Fiez-vous y pas. T'entends, Amable ?

— Vous aimez pas ça une rougette, la mère ? questionna le Survenant.

Et pour le malin plaisir d'activer la langue des femmes, tout en passant la main dans sa chevelure cuivrée, il ajouta :

— Pourtant, quand la cheminée flambe, c'est signe que le poêle tire ben.

— Mais d'où qu'elle sort pour qu'on l'appelle l'Acayenne ?

— Ah ! elle vient de par en bas de Québec, de quelque part dans le golfe.

— Ça empêche pas qu'elle donne à chambrer à des naviga-teurs et qu'on parle de contre, comme d'une méchante.

— Qu'elle reste donc dans son pays !

Venant s'indigna :

— Des maldisances, tout ça, rien que des maldisances ! Comme de raison une étrangère, c'est une méchante : elle est pas du pays.

Soudainement il sentit le besoin de détacher sa chaise du rond familier. Pendant un an il avait pu partager leur vie, mais il n'était pas des leurs ; il ne le serait jamais. Même sa voix changea, plus grave, comme plus distante, quand il com-mença :

— Vous autres...

Dans un remuement des pieds, les chaises se détassèrent. De soi par la force des choses, l'anneau se déjoignait.

— Vous autres, vous savez pas ce que c'est d'aimer à voir du pays, de se lever avec le jour, un beau matin, pour filer fin seul, le pas léger, le cœur allège, tout son avoir sur le dos. Non ! vous aimez mieux piétonner toujours à la même place, pliés en deux sur vos terres de petite grandeur, plates et cor-dées comme des mouchoirs de poche. Sainte bénite, vous aurez donc jamais rien vu, de votre vivant ! Si un oiseau un peu dépareillé vient à passer, vous restez en extase devant, des années de temps. Vous parlez encore du bucéphale, oui, le plongeux à grosse tête, là, que le père Didace a tué il y a autour de deux ans. Quoi c'est que ça serait si vous voyiez s'avancer vers vous, par troupeaux de milliers, les oies sauva-ges, blanches et frivolantes comme une neige de bourrasque ? Quand elles voyagent sur neuf milles de longueur formant une belle anse sur le bleu du firmament, et qu'une d'elles, de dix, onze livres, épaisse de flanc, s'en détache et tombe comme une roche ? Ça c'est un vrai coup de fusil ! Si vous saviez ce que c'est de voir du pays...

Les mots titubaient sur ses lèvres. Il était ivre, ivre de distance, ivre de départ. Une fois de plus, l'inlassable pèlerin voyait rutiler dans la coupe d'or le vin illusoire de la route, des grands espaces, des horizons, des lointains inconnus.

Comme son regard, tout le temps qu'il parlait, tendait uniquement vers la porte, chacun, à son exemple, porta la vue dessus : une porte grise, massive et basse, qui donnait sur les champs, si basse que les plus grands devaient baisser la tête pour ne pas heurter le haut de l'embrasure. Son seuil, ils l'avaient passé tant de fois et tant d'autres l'avaient passé avant eux, qu'il s'était creusé, au centre, de tous leurs pas pesants. Et la clenche centenaire, recourbée et pointue, n'en pouvait plus à force de cliqueter sous toutes sortes de mains, une humble porte de tous les jours, se parant de vertus à la parole d'un passant.

— Tout ce qu'on avait à voir, Survenant, on l'a vu, reprit dignement Pierre-Côme Provençal, mortifié dans sa personne, dans sa famille, dans sa paroisse.

Dégrisé, Venant regarda un à un, comme s'il les voyait pour la première fois, Pierre-Côme Provençal, ses quatre garçons, sa femme et ses filles, la famille Salvail, Alphonsine et Amable, puis les autres, même Angélina. Ceux du Chenal ne comprennent donc point qu'il porte à la maison un véritable respect, un respect qui va jusqu'à la crainte ? Qu'il s'est affranchi de la maison parce qu'il est incapable de supporter aucun joug, aucune contrainte ? De jour en jour, pour chacun d'eux, il devient davantage le Venant à Beauchemin : au cirque, Amable n'a pas même protesté quand on l'a appelé ainsi. Le père Didace ne jure que par lui. L'amitié bougonneuse d'Alphonsine ne le lâche point d'un pas. Z'Yeux-ronds le suit mieux que le maître. Pour tout le monde il fait partie de la maison. Mais un jour, la route le reprendra...

Pendant un bout de temps personne ne parla. On avait trop présente à l'esprit la vigueur des poings du Survenant pour oser l'affronter en un moment semblable. Mais lui lisait leurs pensées comme dans un livre ouvert. Il croyait les entendre se dire :

— Chante, beau merle, chante toujours tes chansons.

— Tu seras content seulement quand t'auras bu ton chien-de-soul et qu'ils te ramasseront dans le fosset.

— Assommé par quelque trimpe et le visage plein de vase.

— On fera une complainte sur toi, le fou à Venant.

— Tu crèveras, comme un chien, fend-le-vent.

— Sans avoir le prêtre, sans un bout de prière...

— Grand-dieu-des-routes !

Le Survenant, la tête haute, les domina de sa forte stature et dit :

— Je plains le gars qui lèverait tant soi peu le petit doigt pour m'attaquer. Il irait revoler assez loin qu'il verrait jamais le soleil se coucher. Personne ne peut dire qui mourra de sa belle mort ou non. Mais quand je serai arrivé sur la fin de mon règne, vous me trouverez pas au fond des fossets, dans la vase. Cherchez plutôt en travers de la route, au grand soleil : je serai là, les yeux au ciel, fier comme un roi de repartir voir un dernier pays.

— Pour une fois, Survenant, t'auras pris la bonne route, lui répondit Jacob Salvail.

Heureux de se détendre, ils rirent de bon cœur. Mais ils s'arrêtèrent net quand Venant commença à fredonner, tout en clignant de l'œil vers Angélina. Plus cirée qu'une morte, acca-

blée d'une peine indicible, elle l'écouta chanter la chanson de
son cœur :

> *Là-haut, là-bas, sur ces montagnes,*
> *J'aperçois des moutons blancs,*
> *Beau rosier, belle rose,*
> *J'aperçois des moutons blancs,*
> *Belle rose du printemps.*

> *Si vous voulez, belle bergère,*
> *Quitter champs et moutons blancs,*
> *Beau rosier, belle rose,*
> *Quitter champs et moutons blancs,*
> *Belle rose du printemps.*

Ce couplet fini, il n'alla pas outre. La figure enfouie dans
le creux de son bras, il mima de grands sanglots. Quand il
releva la tête, une larme scintillante au coin de l'œil, il éclata
de rire, de sorte qu'on ne sut pas s'il avait vraiment ri ou
pleuré.

Angélina, la première, parla de partir. Alphonsine ne
chercha pas à la retenir. Elle avait hâte de se retrouver seule
avec Amable. Un profond secret les unissait davantage depuis
quelque temps : Alphonsine attendait un enfant. Amable avait
voulu aussitôt annoncer la nouvelle à son père, mais la jeune
femme s'était défendue :

— Non, non, je t'en prie. Gardons ça pour nous deux. Les
autres le sauront assez vite.

Devant la grande gêne d'Alphonsine, sorte de fausse honte
inexplicable, il avait résolu de se taire aussi longtemps qu'elle
le désirerait.

Alphonsine s'empressa de dire à Angélina :

— Attends, je vas rehausser la lumière.

173

— Non, allume pas, supplia l'infirme. Il fait assez clair et j'ai ma chape à la main.

Plutôt que de marcher à la grande clarté sous les yeux du Survenant, Angélina aurait volontiers desséché là. Pas de lumière. Qu'il ne voie pas comme sa peau est terne, son corps chétif et ses cheveux morts. Une distance de vingt pas séparait sa chaise de la porte. Elle la franchit doucement, hissée sur la pointe des pieds, surveillant sa jambe caduque afin de faire le moins de bruit possible. Quand elle parvint au seuil de la porte, Venant lui demanda :

— T'as pas peur, au moins, belle bergère ?

— Peur ? Personne tentera sur moi, répondit-elle tristement en s'engouffrant dans la nuit.

Dès qu'elle fut dehors, le Survenant courut la rejoindre. L'assemblée s'égrena vite. Les uns et les autres suivirent de près Angélina. Après le départ du dernier, Alphonsine laissa échapper un soupir de soulagement. Amable ne bougeait pas ; le regard froncé, il semblait de pierre. Elle vola à lui, la parole secourable :

— Reprends courage, mon vieux. Ça sera sûrement rien qu'une passée...

Le poing d'Amable, comme des coups de masse, s'abattit plusieurs fois sur la table :

— Si c'était la vérité ! Malheur à elle... la Maudite !

*
* *

— Angélina !

Aucun son de voix ne répondit au Survenant. Mais au tournant de la route, les brouillards s'effilochèrent pour dégager une ombre.

174

— Je t'attendais, dit simplement Angélina.

Elle ne pleurait pas. Sa voix, calme et basse, avait à la fois un accent de résignation et d'espoir. Sans aucune feinte elle reprit :

— Je t'attendais pour te parler cœur à cœur. Faut que tu te confesses à moi, Survenant. Il y a de quoi qui te mine. C'est-il de quoi de vilain que je t'aurais fait sans le vouloir ?

— Mais non, la Noire. J'ai pas de raisons de me tourmenter.

— Pourquoi donc que t'es plus le même homme qu'avant ?

— Mais non...

— Essaye pas de nier : ta voix sonnait étrange tout à l'heure quand tu parlais devant le monde. As-tu une peine quelconque, quelque déboire que tu cherches à me cacher ?

Le Survenant garda le silence. Le cœur d'Angélina se serra. Avant longtemps il lui arriverait malheur. Elle le savait. Elle le sentait.

— Si tu t'ennuies, dis-le. Garde pas ça en toi, c'est mauvais. Depuis un certain temps, j'ai dans l'idée une chose qui te déplaira pas : l'harmonium, à la maison, j'aimerais à le changer pour un piano.

Pauvre Angélina ! prête à tous les sacrifices pour lui. Et ce n'était pas assez. À pleines mains elle puisait dans son cœur d'or pour offrir de nouveau :

— As-tu besoin d'argent ? Je pourrais encore t'en avancer que tu nous remettrais rien que quand ça t'aviendra. Tu nous as assez aidés tout l'été qu'on te redoit plus que ça, il me semble...

— ...

— Puis je voulais t'apprendre que mon père est prêt à passer la terre à mon nom. On doit rien dessus, tu sais. Et sans être des richards, on est en moyens. Celui qui me prendra pour femme sera pas tellement à plaindre.

— La femme qui m'aura, réfléchit le Survenant, pourra jamais en dire autant de moi : j'ai juste le butin sur mon dos.

— Dis pas ça, Survenant. T'as du cœur et, travaillant comme tu l'es, tu arriverais pas les mains vides. Quand on est vraiment mari et femme, il me semble qu'on met tout en commun.

Ils allaient lentement au milieu de la route, si préoccupés tous les deux, qu'ils ne prenaient pas garde aux flaques d'eau. Il bruinait et la brume sournoise s'insinuait à travers leurs vêtements. Angélina grelotta. Elle tremblait comme une feuille.

— Rentre vite à la maison, Angélina, tu vas prendre du mal.

Mais rejetant les pans de sa chape, elle mit ses deux mains sur les épaules du Survenant. D'un ton suppliant et humble, elle commença :

— Si tu voulais, Survenant...

Tendrement il emprisonna un moment dans les siennes les mains qui s'accrochaient à lui et y enfouit son visage. D'un geste brusque, il se dégagea et, la voix enrouée, il dit :

— Tente-moi pas, Angélina. C'est mieux.

À grandes foulées, il se perdit dans la nuit noire.

17

LE lendemain matin, Didace revint de l'Îlette à Bibeau. Tout songeur, il perchait tranquillement le long de la commune.

Les berges basses lui permettaient de voir loin au-dessus des chaumes et, l'oreille aux aguets, habile à démêler les sons, il écoutait. Il s'arrêta un moment : à Sorel le sifflet des chantiers maritimes lançait son cri d'appel. Sept heures.

Toute la longue nuit, Didace l'avait passée sous le prélart de chasse, à l'affût, sans tirer deux coups de fusil. De plus une chouette avait foncé en trombe sur ses plants vivants et effarouché les canes. Maintenant transi et affamé, il avait hâte d'arriver à la maison.

Soudain le temps où sa femme vivait repassa devant ses yeux. Du plus loin qu'elle l'apercevait, Mathilde accourait au-devant de lui, sur le quai, prête à l'aider. À la maison, quel repas l'attendait ! Des grillades de lard dorées, des œufs en quantité comme il les aimait, avec du thé fort, brûlant. Rien de tiède. Et dans le lit elle lui gardait, entre les draps de laine du pays, sa place encore toute chaude pour son somme d'après le déjeuner. Et toujours le mot juste pour chacun, pour chaque chose. Ah ! la vraie femme qu'il avait ! Mais elle était morte, usée de peine. Et dire qu'à présent, dans sa maison, sur la butte... Mais quoi ? pas un brin de fumée autour de la cheminée ? Et des animaux erraient dans le jardin ? Didace qui s'était donné tant de mal à faire lever le blé d'Inde d'automne, difficile à obtenir, s'inquiéta :

— Quoi c'est que ça peut vouloir dire ?

Un air cru l'accueillit au seuil de la cuisine. Le poêle était mort. Et, dans la chambre voisine, Alphonsine et Amable dormaient encore. Didace étouffa de rage :

— Levez-vous, bande d'emplâtres ! Venez m'aider à courailler les vaches ! Les animaux sont en train de tout manger. Toute la terre s'en va chez l'yâble. Il nous restera plus rien. Ho donc ! Survenant ! Lève, Amable ! Ouste, là ! **Z'Yeux-ronds** !

Il chercha vainement le chien sous le poêle pour le lancer aux trousses des vaches et sortit en tempêtant :

— Ouais, un bon chien de garde ! J'vas t'apprendre avec le fouet à te conduire comme du monde, chien infâme !

Alphonsine, fort énervée, dit à Amable qui traînait encore au lit :

— Lève-toi, vite, je t'en prie.

Mais Amable prit son temps :

— Deux, trois vaches dans le clos, c'est pas la mort d'un homme.

Didace eut le temps de chasser les animaux avant qu'Amable finît de s'habiller. Un peu calmé, il demanda :

— Lequel de vous trois a laissé la barrière ouverte, hier au soir ?

— Pas moi, sûrement, répondit Amable. Ça doit être le Survenant. Il est rentré le dernier.

— C'est-ti toi, Survenant ? cria Didace, au pied de l'escalier.

Il attendit en vain la réponse.

— Demandez-moi ce qu'il brette si tard dans le bed, celui-là, à matin. Il a pourtant pas coutume...

À la fin, il s'impatienta :

— S'il faut que j'aille le tirer du nique à c't'heure, c'est ben le restant...

— Laissez faire, je vas monter à votre place, s'empressa de dire Alphonsine, en s'élançant dans l'escalier.

Arrivée à la dernière marche, elle s'arrêta net : la paillasse était intacte, personne n'y avait couché, la chambre telle que la veille au soir, sauf que les hardes du Survenant et son paqueton ne pendaient plus au mur.

— Le Survenant est parti !

Pendant que les marches geignaient sous son pas pesant, Didace ne faisait que dire :

— Ça se peut pas ! Ça se peut pas !

Alphonsine cria comme une perdue :

— Oui, oui, il est parti. Quand je vous le dis...

Parti, le Survenant ! Sans un mot. Sans un signe. Sans un geste de la main.

Encore essoufflée d'avoir monté si vite, Alphonsine s'indigna :

— Un vrai sauvage, quoi ! Ces survenants-là sont presquement pas du monde. Ils arrivent tout d'une ripousse. Ils repar-

179

tent de même. C'est pire que des chiens errants. Une journée, ils vous mangeraient dans le creux de la main tellement ils sont tout miel. Le lendemain, ç'a le courage de vous sauter à la face et de vous dévorer tout rond. Cherchez pas. Celui-là est allé gruger son os ailleurs. Et après lui, ça sera le tour d'une autre, je suppose ?

Deux fois blessé dans ses sentiments, par le départ du Survenant et par l'allusion à Blanche Varieur, Didace l'avertit :

— Fais ben attention, ma fille, pas seulement à ce que tu vas dire, mais à ce que tu peux penser.

Repoussant d'un violent coup de botte le duvet de poussière par bourdillons sur le plancher, il ajouta :

— Alphonsine Beauchemin, occupe-toi de nous faire de l'ordinaire et de ben tenir la maison. Ça prendra tout ton raide.

Une bouffée de chaleur éclata au cœur d'Alphonsine et lui fit monter la rougeur au visage, à la honte de ne pas être une bonne femme de maison et à la fierté de s'entendre honorer, par son beau-père, de ce nom de Beauchemin qu'il ne lui donnait jamais. Peut-être savait-il qu'elle attendait un enfant ? Un moment elle oublia le départ du Survenant, pour ne songer qu'à l'enfant en son sein, un garçon sûrement. Quand elle aurait donné à la famille un Didace de plus, elle saurait bien prendre sa place dans la belle confrérie des dames Beauchemin.

*
* *

Plusieurs jours passèrent et ni Venant, ni Z'Yeux-ronds ne reparurent au Chenal du Moine.

— Je l'ai toujours dit qu'ils faisaient la belle paire tous les deux, observa Amable qui trouvait la chose drôle.

180

Il fallut bien admettre que le Survenant était parti pour tout de bon. Quelques jeunesses se vantèrent à la ronde de perdre ainsi de jolies sommes. Angélina reçut le coup en plein cœur, mais sans une plainte extérieure. On s'étonna même de ne pas entendre une seule parole d'amertume sur ses lèvres. Un matin son père s'en fut au nord, visiter des parents. Alors elle se poudra, se farda même et enfila sa bonne robe. Puis elle se mit à parcourir la montée et à s'enquérir auprès de chacun des dettes de Venant.

Et sa peine ? Même sa peine pouvait attendre. Nul ne la lui prendrait. Elle la laissa tomber au plus creux de son cœur, comme une charge pourtant précieuse que l'on abandonne au pied d'un arbre, sur une route pénible, assuré de la retrouver au retour. Mais le Survenant, que son nom reste intact ! Il ne serait pas dit que, pour l'amour de quelques coppes, elle laisserait les autres ternir, de leurs sales jacasseries, l'image de l'homme qu'elle aimait.

À petits pas, en sautillant comme un moineau, elle arrivait aux maisons. Bernadette Salvail ne pardonnait pas à Angélina, un laideron, d'avoir obtenu du Survenant l'amitié qu'il lui avait refusée à elle, belle comme une image. En voyant celle-ci tourner en rond près d'un perron, elle pensa avec amertume :

— La petite chatte ferait pas pire !

Les yeux égarés, pour un rien, Angélina riait. Une vraie folle ! Et elle parlait, parlait, de choses qui n'avaient ni son, ni ton. Puis soudain, au milieu d'une phrase, elle s'arrêtait net : « À propos, disait-elle, le Survenant vous avait-il emprunté de quoi ? Je passe, vu qu'il m'a laissé la commission de régler ses dettes. »

Elle paya exactement ce qu'il devait. Même à plusieurs endroits, elle mit le compte rond, ajoutant un trente-sous à la somme.

— Prenez, prenez, disait-elle, d'un air qu'elle s'efforçait de rendre détaché. Voyons, c'est son argent à lui...

Ah ! si elle avait pu leur lancer l'argent à la face comme un crachat, mon doux ! qu'elle l'eût fait volontiers. Mais non, Pierre-Côme Provençal le saurait. Sa vengeance vaudrait mieux : elle leur ferait honte et leur coudrait le bec, du même coup.

Arrivée à la dernière maison, elle tourna sur ses pas. La pluie tombait à verse. C'était vraiment pitié de la voir, pauvre boiteuse, le bord de sa bonne robe encroûtée de boue, enfoncer dans la vase jusqu'à la cheville et traîner sa jambe faible, comme une aile blessée, par les chemins glaiseux, sur les buttes, dans les baissières, partout. Ses immenses yeux noirs lui mangeaient le visage et l'eau de pluie roulait avec les larmes sur ses joues blêmies.

Ah ! les beaux gars du Chenal du Moine pouvaient maintenant la traiter d'avarde, de corneille, de boiteuse, et rire d'elle à leur aise. Personne, au Chenal du Moine, non personne n'avait le droit d'enlever un seul cheveu sur la tête du Survenant.

Quand elle eut racheté le nom du Survenant, elle s'enferma seule avec sa peine dans la maison. En proie à une insondable détresse, la nuit, le jour, elle ne faisait rien d'autre, de son regard avide, que de fouiller la route. Elle pleurait avec tant de cœur que les yeux lui en brûlaient autant que si elle eût dormi dans l'ortie. Et ses mains sans cesse agitées pétrissaient je ne sais quel pain invisible, comme si c'eût été là sa douleur qu'elles tournaient et retournaient en tous sens. Après avoir frappé en vain plusieurs fois à la porte, les voisins finirent par s'inquiéter de ne pas voir un filet de fumée s'élever de la cheminée, même à l'heure des repas, et aucun morceau de linge à sécher sur la corde.

Beau-Blanc prétendit avoir aperçu en pleine nuit la lueur d'un fanal briller au coin de la maison. Mais personne n'ajouta foi à la parole d'un tel menteur, noir, chétif, peureux comme un lièvre et maraudeur en plus.

Au matin du quatrième jour, Alphonsine n'y tint plus :

— Pour ben faire, dit-elle à Didace, il faudrait le faire dire à Marie-Amanda, sa meilleure amie. Faut y voir. Après tout, on est les premiers voisins de David Desmarais.

Sur le soir Marie-Amanda arriva au Chenal.

Marie-Amanda ne sait pas seulement assaisonner le manger, bien tenir une maison et élever une famille. Marie-Amanda est semblable à un phare. Semblable à un phare, haute, lumineuse et fidèle, toute blanche de clarté, elle se dresse au milieu de la nuit et de la tempête des êtres pour indiquer à chacun la bonne route. En entrant, elle ne se lamente point : Mon enfant est malade. La récolte nous inquiète. J'appréhende l'hiver. Au seuil même de la porte, elle interroge, anxieuse : Vous avez besoin de moi ?

À sa vue, Angélina défaillit. Elle se mit à sangloter par petits sanglots ramassés et drus. Marie-Amanda la tint serrée contre elle, la berça tendrement, de même qu'elle aurait veillé sur une enfant malade. Sous l'étreinte plus maternelle qu'amicale, l'infirme se calma peu à peu, puis se prit à pleurer silencieusement, les larmes arrondies en graines de rosaire roulant une à une, à la suite, sur sa figure terreuse.

— Venant, c'est le mien, cria-t-elle soudainement, dans un sursaut de révolte. Et il est parti. Je le reverrai plus. Dire que je me serais arraché le cœur pour lui. Un chignon de pain sur le coin de la table, je m'en serais contentée, pourvu que lui fût tout proche. Je demandais rien pourtant. Rien que de le voir lever la vue sur moi, de temps à autre, même sans le faire exprès.

183

Marie-Amanda pleurait à son tour. De son corsage elle aveignit un large mouchoir éblouissant de blancheur, le tendit d'un coup sec comme la voile d'une barque et, avec la sollicitude qu'elle apportait à toutes choses, essuya son beau visage, d'ordinaire si serein, maintenant ruisselant de pleurs.

— Écoute, Angélina...

Longtemps elle parla, tâchant, de ses paroles toutes de patience et de sagesse, de dénouer les liens enserrant le cœur de l'infirme. Mais à tout instant celle-ci se rebellait :

— On voit ben que t'as jamais connu de peine d'amour...

— Tu penses ça ? Dans le temps que mon Ludger naviguait, que je voyais pas jour qu'il débarquerait pour tout de bon, — il se disait tanné d'être navigateur de fosset et il voulait à tout prix s'en aller à l'eau salée, et puis il restait des semaines et des semaines sans répondre à mes lettres, — les soirs que je me suis couchée, une angoisse au cœur, je pourrais pas les compter. Dans ce temps-là, je priais à tout reste, je m'endormais sur mon chapelet. Et souvent ce qui m'avait paru une montagne, le soir, c'était plus que de la grosseur d'une tête d'épingle, le lendemain matin. Seulement il faut prier et faut se raisonner...

— Me raisonner pour oublier le Survenant ? Jamais !

— Non, mais pour venir à bout de ta peine. Tu penseras encore à lui, mais d'une meilleure manière.

— Ah ! s'il avait voulu ! je l'aurais suivi pas à pas, comme son ombrage... comme Z'Yeux-ronds...

— Avant de connaître le Survenant, t'avais ta maison, tes fleurs. Tu les as encore. De plus pendant un an il t'a donné son cœur. Il t'a pas appauvrie ? T'as rien à regretter ? Et tu regrettes tout ! Sois plus raisonnable que ça.

Une hostilité subite brilla dans le regard d'Angélina.

— Le Survenant s'est toujours conduit envers moi en vrai monsieur. S'il avait agi autrement, je te dis ben franchement que je sais pas si j'aurais eu de quoi à lui refuser.

— Je veux pas dire ça, Angélina, protesta Marie-Amanda, chagrinée.

Le Survenant, appauvrir Angélina ? Il fallait donc que Marie-Amanda fût folle à lier pour penser des choses semblables. Lui qui a appris à Angélina à reconnaître ce qu'il y a de chantant sur la terre, lui qui parlait des fleurs comme de personnes avec qui il se serait trouvé en pays de connaissance. Et à Pâques, le cornet de bonbons qu'il lui avait donné en présent ?

Sa peine reprenant vite le dessus, au milieu d'un silence l'infirme demanda péniblement :

— Marie-Amanda, penses-tu... si je partais à sa recherche, que je réussirais à le ramener ?

Marie-Amanda hésita avant de lui donner une ombre d'espoir :

— Peut-être que tu le ramènerais, mais tôt ou tard il repartirait et tout serait à recommencer. À supposer que tu l'attacherais à toi, que tu le riverais à toi, même avec une chaîne de fer, si tu le voyais, chaque jour par ta faute, rongé d'ennui, le cœur ailleurs, et toi, pareille à une déjetée à ses yeux, pauvre Angélina !... tu le perdrais plus que tu le perds à c't'heure. Si telle est sa volonté d'aller seul sur les routes, laisse-le à sa volonté. Même si c'est son bonheur de faire le choix d'une autre femme, accorde-lui son bonheur. Autrement, tu ne l'aimes pas d'amour. Aimer, ma fille, c'est pas tant d'attendre quoi que ce soit de l'autre que de consentir à lui donner ce qu'on a de meilleur. Abandonne-le, Angélina. Sans quoi, tu connaîtras jamais une minute de tranquillité.

— Je peux pas comprendre...

— Cherche pas à comprendre. Plus tard tu comprendras. De la peine, ma fille, ça meurt comme de la joie. Tout finit par mourir à la longue. C'est dans l'ordre des choses. Depuis huit jours t'es là, sans un accent de vie, penchée sur ton mal, comme une plante morte sur la commune. Ton père est à la veille de revenir. Faut pas qu'il te retrouve de même. Redresse-toi.

Au rappel de son père, Angélina s'était roidie. Les yeux secs, sans même exhaler un soupir, elle sortit de la maison. Marie-Amanda, inquiète, la regarda faire. Elle la vit se hisser sur la pointe des pieds, puis souffler deux fois, trois fois, sur la flamme du fanal. Tantôt haute, tantôt basse, la flamme fuyait à gauche, à droite, comme si elle n'eût pas voulu mourir. Alors Angélina saisit la mèche allumée et l'écrasa à pleins doigts. Ensuite elle alla rabattre le couvercle de l'harmonium et retourna à sa place auprès de Marie-Amanda. Mais elle était méconnaissable : on eût dit une agonisante.

Là, le visage enchâssé dans ses mains veineuses et transparentes à force de maigreur, elle se recueillit. Son sort, elle l'acceptait. Son sacrifice, elle l'accomplissait. Le passant qui, un soir d'automne, au Chenal du Moine, avait heurté à la porte des Beauchemin, pouvait s'éloigner à pas tranquilles, sur la voie sans retour. Dans un geste de résignation, les mains de la pauvre fille s'ouvrirent ainsi que pour délivrer un oiseau captif.

Quand elle parla de nouveau du Survenant, ce fut comme d'un être qui vient de passer de vie à trépas :

— Il avait ses défauts, j'en conviens. Il fêtait parfois. Et s'il éprouvait pas plus de sentiment pour moi, il est pas à blâmer. J'ai pas su le tour de me faire aimer. On marchait point du même pas tous les deux. Seulement... seulement... je veux lui donner son dû : il m'a jamais appelée boiteuse.

Un pâle sourire éclaira le visage de l'infirme en larmes. Ainsi le ciel parfois s'irise au milieu de la pluie.

— Ah ! il avait ses qualités, renchérit Marie-Amanda : il était ni malamain, ni ravagnard. Et franchement il était beau à voir. Si droit... si vaillant ! Avec des belles manières...

— C'est cette démarche qu'il vous avait !

— Une chanson attendait pas l'autre.

Angélina admit fièrement :

— Et toujours la tête haute, le rire aux lèvres.

Le grand rire clair ! Toujours quand la Pèlerine de Sainte-Anne-de-Sorel enverrait une bordée de sons jusqu'au Chenal du Moine, Angélina entendrait le grand rire s'égrener sur les routes. Elle pensa :

— Pourvu que quelqu'un prenne soin de lui et qu'il mange pas trop de misère !

Allait-elle s'attendrir de nouveau ? Marie-Amanda chercha par tous les moyens à la divertir.

— Faudra que tu viennes passer quelque temps avec moi, à l'Île de Grâce. Ça te changera les idées. Tu verras comme les enfants ont profité.

— Jamais, à partir d'aujourd'hui, je m'éloignerai de la maison.

Marie-Amanda n'insista pas.

— Sais-tu qu'il fait pas chaud dans ta maison ? lui dit-elle. Si tu voulais j'irais quérir quelques quartiers de bois dans la remise et j'allumerais un bon feu.

L'infirme tressauta :

— Aie pas le malheur ! Il y a une manière de mettre le bois dans le poêle. J'allumerai tantôt.

Marie-Amanda sourit, rassurée. Son amie redevenait la femme ménagère d'autrefois, elle reprendrait vigueur.

— Dans ce cas-là, viens te chauffer chez nous. Mon père est là.

— J'oserai jamais regarder personne en face.

— Il faut que tu recommences de suite. Profites-en pendant que je suis icitte.

Angélina se laissa emmener chez Didace Beauchemin. Mais à peine entrée, de nouveau elle se mit à pleurer.

— Voyons, voyons, gronda Didace, quasiment aussi ému qu'elle. On se désole pas de même. Qui c'qui sait : Peut-être ben que le Survenant est allé au Congrès eucharistique et qu'il va nous revenir avec une foule de nouvelles à raconter, à en plus finir. Tu sais s'il parle ben ! Peut-être ben aussi qu'il est parti visiter sa famille pendant quelque temps ? D'après moi, c'est le garçon de quelque gros habitant. Il en sait trop long... sur la terre.

Alphonsine demanda :

— Je sais pas s'il avait eu une femme qui aurait su le prendre...

— Ah ! interrompit Amable, un homme qui a une passion, c'est comme des glaires, ça se prend pas.

— Que je vous l'aurais donc dompté, quand il était petit, si j'avais été sa mère ! s'exclama Alphonsine.

Le père Didace, étonné d'entendre la bru parler ainsi, se retourna tout d'un pain, pour mieux la regarder. Alphonsine rougit. Non, le beau-père ne se doutait pas qu'elle attendait un enfant. Autrement il n'aurait pas pour elle un regard aussi strict.

Angélina ne voulut pas en entendre davantage. Didace sortit après elle. Marie-Amanda chercha à l'en empêcher.

— Laissez-la aller seule, mon père. Faut que la peine fasse son œuvre.

Marie-Amanda et Alphonsine s'assirent, songeuses, auprès du poêle. Amable, le premier, rompit le silence. Il dit légèrement :

— Ah ! elle s'en sentira plus le soir de ses noces.

— Voyons, Amable. T'as pas coutume, pourtant...

— Non, mais vous pensez pas qu'elle en a de la grâce de tant prendre de peine pour un passant ?

— On dirait que t'en veux encore au Survenant ? remarqua Marie-Amanda.

— Pas tant comme je la trouve folle à mener aux loges, elle, de verser des larmes pour un fend-le-vent qui prenait son argent et qui allait le boire avec des rien-de-drôle. Et les chimères qu'il lui contait après, c'est pas disable !

— Ce que tu dis là, Amable, je le crés pas, dit Marie-Amanda. Même si c'est la vérité qu'il était mal bâti, il devait se sentir assez misérable, assez honteux, qu'il avait déjà sa punition.

— C'était toujours ben un cœur d'or, prêt à tout donner, affirma Alphonsine. Il avait rien à lui.

— Pas malaisé, quand t'as pas une cenne qui t'adore, répliqua Amable.

Mais Marie-Amanda ne démordait pas de son idée.

— Ce qu'il avait appris, sur les routes ou ailleurs, c'était son bien. Il était maître de le garder et il s'en montrait jamais avaricieux. Ni de sa personne. Ni de son temps. Tu peux pas dire autrement, Amable ?

Amable ne répondit pas.

— De même, reprit Marie-Amanda, tu trouves qu'un pauvre, toujours paré à partager avec son semblable le petit brin qu'il a, est moins donnant que le richard qui échappe ses grosses piastres seulement quand il en a de trop ?

— Ah ! je ne sais pas, mais en tout cas, c'est moins forçant. Et penses-tu qu'on lui a rien donné au Survenant, nous autres ? Il était à même de tout.

— Oui, dit Marie-Amanda, mais si tu donnes et que tu prends plaisir à t'en vanter, que t'es toujours à le renoter à tous les vents, pour moi c'est comme si tu donnais rien, puisque des deux, t'es celui à en avoir le plus de profit.

— On appelle ça de la charité d'orgueil, affirma Phonsine. Le Survenant, lui, avait le tour et il possédait le don !

— Ouais, le vrai don ! répondit Amable : le don de tout prendre avec l'air de donner mer et monde.

— Tu seras donc toujours de la petite mesure, Amable, lui reprocha Marie-Amanda.

Amable s'emporta :

— Voulez-vous me faire damner, vous deux ? De quoi c'est que vous avez tous à vous pâmer devant lui ? Vous a-t-il jeté un sort, le beau marle, avec ses chansons ? Depuis un an, il fait la loi au Chenal du Moine. Icitte il était comme le garçon de la maison. Ben plus même. Il dépensait notre argent. Il a fait boire Joinville Provençal. À vous entendre il a pilé sur le cœur d'Angélina Desmarais. Et c'est pas tout ; le père, là... oui, le père Didace...

Mais voyant Alphonsine pâlir, il se radoucit et changea sa phrase :

— Remarquez ben ce que je vous dis : on en saura peut-être jamais la fin de tout ce qu'il nous a pris, ce survenant-là. C'est une permission du bon Dieu qu'il soit parti !

Des pas approchaient de la maison : les trois se turent et attendirent pensivement.

18

MARIE-AMANDA retourna à l'Île de Grâce et le reste de la semaine, Didace, visiblement en peine de son corps, traîna d'une fenêtre à l'autre. Cent voyages par jour, de la maison à l'étable et aux bâtiments ne parvenaient pas à tromper son ennui. S'il avait pu trouver quelqu'un avec qui s'entretenir du Survenant. Angélina ? Dès qu'il était question de lui, elle devenait plus blême qu'une carpe pâmée. David Desmarais le boudait comme s'il l'eût tenu responsable du malheur de sa fille. À la maison, le Survenant semblait déjà oublié et les autres au dehors ne se souciaient plus d'en parler.

Sans cesse à l'affût d'une oreille complaisante, Didace guettait les rares passants. Du plus loin qu'il en entrevoyait un, il courait au chemin.

Un soir qu'il attrapa ainsi à la volée Pierre-Côme Provençal, le gros homme sous son poids faisant canter la voiture légère jusque près de terre, Didace crut bon de prendre la part du Survenant :

— Tu sais, mon Côme, quand un jeune comme lui a pris la route en amitié, tôt ou tard faut qu'il retourne à elle. Il peut pas déroger.

D'un mouvement d'épaules, Pierre-Côme Provençal ramassa son corps énorme comme pour mieux se retirer en soi. Mortellement offensé, d'une puissante déglutition il avala sa salive, refoulant en même temps les paroles irrévocables, capables de tuer leur amitié ancienne et aussi de ruiner sa carrière de maire. L'homme qu'il avait devant lui, était-ce bien Didace Beauchemin, son proche voisin, que sa propre·mère, Odile Cournoyer, avait reçu au monde et porté au baptême ? Didace, fils de Didace, qui ne broncherait pas du regard devant l'orignal en défense ? L'ennemi qui chercherait à le dessoler d'un pouce de sa terre, Didace l'accueillerait d'une décharge de fusil dans le coffre, et il écoutait les chimères d'un passant, un survenant, un grand-dieu-des-routes qui avait battu Odilon Provençal, et non seulement entraîné Joinville à boire mais fait dépenser à celui-ci une bonne partie de l'argent du marché ?

Honte à toi, Didace !

Pour tout salut il cracha à pleine bouche, aussi loin que possible sur la route.

— Trotte ! Trotte !

Sous le chatouillement du fouet à la croupe, la petite jument rousse, déjà en jeu, se cabra : effarouchée, la queue haute, elle prit la fine épouvante.

Un moment la voiture déchira les brumes qui aussitôt reformèrent leur rideau de grisaille autour du Chenal du Moine. Longtemps Didace resta appuyé à la clôture, anéanti, les yeux perdus dans la nuit, à respirer l'air âcre.

— Pas même lui ! se dit-il sans comprendre. Personne, quand on dit personne, veut parler du Survenant avec moi !

Et l'hiver qui approchait !

Son cœur se serra, puis déborda d'amertume. Petit à petit ses doigts se crispèrent sur le bois de la clôture :

— Maudite race de monde !

19

AU presbytère de Sainte-Anne, la ménagère s'affairait autour du poêle. À travers la vitre elle vit s'avancer le père Didace et lui fit signe d'entrer sans frapper. Respectueux de la grande propreté qui régnait dans la cuisine, il resta à piétiner sur le rond de tapis près de la porte.

— Approchez. Vous arrivez dans le bon temps, père Didace. J'ai justement trois sarcelles à mijoter à la daube. Goûtez-y et vous m'en donnerez des nouvelles.

Indifférent, contre son habitude, à l'odeur forte et savoureuse embaumant toute la pièce, le père Didace refusa :

— Pas à midi. J'ai pas faim. Et mon monde m'attend chez le commerçant. Je voulais simplement dire un mot à monsieur le curé.

Le curé Lebrun entra bientôt.

— Ah ! père Didace ! Quel bon vent pour la chasse, n'est-ce pas ?

À son arrivée au Chenal du Moine, une trentaine d'années auparavant, le curé Lebrun avait pris goût à la chasse ; mais il n'était jamais parvenu à s'initier à tous ses imprévus. Le père

194

Didace, par esprit de taquinerie, ne manquait jamais une occasion d'en remontrer à son curé. Mais cette fois, il se contenta de hausser les épaules, en grondant :

— Pouah ! ce petit vent de coyeau...

— Je ne vous ai pas rencontré à l'affût dernièrement.

— Non, je chasse presquement pas.

— Comment se fait-il ?

— Ah !

— Ça va toujours à la maison ?

— Ça va petit train, mais... monsieur le curé, j'aurais affaire à vous privément. Je vous retiendrai pas trop longtemps.

— Passez donc dans mon office, monsieur Beauchemin.

Le bureau austère, avec ses murs blancs, ses grands portraits d'évêques, impressionnait toujours le père Didace. Il resta silencieux. Il n'avait plus devant lui un chasseur, mais son curé. Pour lui venir en aide, l'abbé Lebrun parla le premier.

— Moi-même je voulais justement vous montrer un article que j'ai découpé à votre intention. En rangeant des vieux journaux, je l'ai trouvé par hasard dans un numéro de *L'Étoile* de Québec qui date bien de deux ans. Il va sûrement vous intéresser. Tenez, lisez-le.

Didace Beauchemin prit le papier et le retourna en tous sens. Le curé Lebrun se mordit la lèvre. Il avait oublié que son paroissien ne savait pas lire.

— Préférez-vous que je lise à haute voix, monsieur Beauchemin ?

Didace ne se montra aucunement humilié de son ignorance. Il ne savait pas lire, mais il connaissait un tas de choses que son curé ignorait.

Condescendant, il dit :

— Envoyez donc, monsieur le curé, tandis que vous avez les mains dedans.

Satisfait, le prêtre ajusta ses lunettes, toussota. Avant de commencer la lecture de l'article, il crut bon d'ajouter :

— Selon moi, père Didace, sauf erreur, il s'agirait de votre Grand-dieu-des-routes.

Rembruni, Didace leva la main en signe d'alerte :

— Perdez pas votre temps. Tout ce que j'avais à savoir de lui, j'le sais déjà.

Tout en rangeant la coupure, le curé conclut à regret :

— Enfin ! puisque vous le connaissiez mieux que moi !

Après un moment de silence, dépité, d'un ton plus officieux que pastoral, il dit :

— Vous voulez me parler, monsieur Beauchemin ?

Le père Didace sembla sortir d'un rêve :

— C'est pourtant vrai ! En effet, monsieur le curé...

Soudain il éclata :

— Monsieur le curé, depuis la mort de ma vieille, je trouve la maison ben grande. Puis la bru est pas trop, trop capable. Elle a pas toujours le temps de raccommoder mes chaussons. S'il fallait que la vermine vinssît se mettre dans mon butin ! Trouver une personne à mon goût, je crés presquement que je me remarierais. Quoi c'est que vous en dites, monsieur le curé ? J'ai peut-être un voile qui me couvre la vue. Je voudrais rien faire sans vous consulter.

Le curé réfléchit.

— À condition de prendre une femme qui vous convienne en tout. Mais je ne vous cacherai pas que je trouve le risque énorme, avec un grand garçon et une bru dans la maison.

196

— C'est en quoi, monsieur le curé. Des enfants peuvent leur arriver ; deux femmes seraient pas de trop pour en prendre soin.

— D'abord, monsieur Beauchemin, répondez franchement à ma question : avez-vous une femme en vue ?

— Plus ou moins. Je connais une veuve ben fine, capable sous tous rapports, travaillante, bonne cuisinière. C'est une pauvre femme mais d'un caractère riche et joyeux. Seulement, ça veut pas dire que je pense à me marier avec.

— Je comprends. Son nom ?

— Varieur. Blanche Varieur. Un beau nom, hé ?

— Varieur, le nom n'en est sûrement pas un de la paroisse. Ni même de la région ?

— Ah ! non, elle vient d'une paroisse d'en bas de Québec, assez difficile à prononcer. Le nom de la place est écrit sur un papier. Je l'ai sur moi, si vous aimez à le voir. La femme est Acayenne. Elle était cuisinière à bord d'une barge, vous savez « La Mouche » qui a pris en feu l'été passé ? Ah ! L'Acayenne a ben failli périr. Elle a dû se pendre après un câble, dans le vide, au-dessus de l'eau, pendant une grosse heure. Elle en a fait une vraie maladie. Ils ont pensé qu'elle passerait. Elle a eu le prêtre. Depuis ce temps-là, elle tient maison à Sorel.

— Quel âge a-t-elle ?

— Elle frise la quarantaine tout juste.

— Ne pensez-vous pas qu'elle est un peu jeune pour vous ?

— Mais, monsieur le curé, je voudrais élever encore une couple de garçons, s'il y a moyen.

Le curé de Sainte-Anne hocha la tête :

197

— Je comprends fort bien, père Didace, que vous vous ennuyiez parfois. Mais...

— Ah ! c'est pas l'ennuyance qui m'a manqué depuis quelques années : d'abord, la mort de ma vieille. Après, le Survenant un coup parti...

— À votre âge, vous ne pensez pas que l'ennuyance, comme vous dites, peut être plus supportable à un seul qu'à deux ?

— Avec une créature qui est saine comme une balle ? Jamais d'la vie ! Sauf votre respect, monsieur le curé, vous vous aroutez pas dans l'bon chemin.

— Alors...

... alors le curé se renversa dans son fauteuil à bascule pour mieux regarder le père Didace dans le droit fil des yeux :

— Faites donc une chose, monsieur Beauchemin. Ne vous pressez pas de prendre une décision. Attendez. J'écrirai au curé de la paroisse d'où elle vient. Si la personne est digne de devenir votre épouse et de succéder à votre chère défunte, je serai le premier à m'en réjouir. Le mariage est une chose fort grave et d'autant plus sérieuse pour un veuf avec de grands enfants au foyer...

Pendant que son curé lui prodiguait de sages conseils et tentait de le dissuader d'un mariage précaire, Didace, envoûté, était à des lieues de là : le Survenant connaissait tout. Il avait toujours raison. Puisqu'il lui avait conseillé de se remarier, rien de mauvais ne devrait en résulter. Et c'était aussi grâce à lui que le père Didace avait connu l'Acayenne. L'Acayenne ! Seulement à la nommer ses vieilles chairs en tremblèrent de joie. Il attendit d'être maître de son sang et de sa voix pour dire :

— Vous pouvez toujours écrire, monsieur le curé...

Mais debout, tirant de sa poche un vieux porte-monnaie que ses doigts gourds ne parvenaient pas à ouvrir, il ajouta :

— Je jongle à une chose, monsieur le curé... pour la dispense des bans, là..., si je la prenais t'de suite, à vous j'exempterais pas mal de trouble, et à moi, vu que les chemins veulent se couper et vont devenir méchants sans bon sens, je m'épargnerais un gros voyage ?

Toussaint, 1942.
Noël, 1944.

VOCABULAIRE

Amet : amer, balise, tour (terme de marine).

Babiche : lanière de cuir.

Barouche : voiture de promenade à quatre roues.

Batture : haut-fond de sable et de rocher (vieux terme de marine).

Boulé : de l'anglais *bully,* homme fort qui aime à se battre et à provoquer les gens.

Bretter : perdre son temps à des bagatelles.

Campions : gens qui vivent sous la tente et dans les roulottes, qui campent.

Chanquier : chantier de bûcherons.

Coppe : sou (de l'anglais *copper,* billon).

Couque : cuisinier (maître-coq).

Coyeau (vent de) : expression locale employée à Sorel, vraisemblablement d'un nom propre ou d'un surnom.

Demiards (un trois-) : bouteille d'alcool contenant trois demiards, mesure de capacité d'environ 28 onces.

Détourreux : plein de détours, enclin à jouer des tours.

Écornifleux : indiscret, aux aguets.

Écourtiché : qui porte des habits écourtés.

Encabaner (s') : se renfermer dans la maison pour l'hiver (par allusion aux mœurs du castor).

Far aux fines herbes : farce (de volaille).

Frette : froid.

Gouffe : gonflé.

Grêvé : de l'anglais *gravy,* sauce, gratin, le fond de la sauce.

Habitant : paysan, cultivateur.

Houiller : rassasier, gaver, saouler.

Jongleux, jonglard : songeur, mélancolique, distrait.

Liard : peuplier noir.

Lice : levure.

Mackinaw : veste de grosse étoffe de couleurs voyantes, le plus souvent à carreaux.

Maganner : maltraiter, malmener.

Neveurmagne ! : de l'anglais *never mind !* n'importe ! laisse faire !

Nique : lit, nid.

Ouagine : (prononciation canadienne de *wagon*), voiture de travail à quatre roues.

Pain (tout d'un) : d'une pièce, en masse.

Pantoute : pas en tout.

Pichou : nom indien du lynx.

Piloter les reins (se faire) : piétiner (se faire masser les reins avec les pieds nus).

Pivelé : moucheté (diminutif de pie).

Platin : bord du banc de sable découvert à marée basse (vieux terme de marine).

Plorine : praline.

Prime : vif, fougueux, qui part le premier en tout.

Ravagnard : grognon.

Refouler, chercher à refouler : se tasser (terme de tissage).

Renchausser la maison : entourer de paille mêlée de terre, et de planches les fondations.

Rouches : roseaux.

Taule (risquer une) : tôle, sou, se hasarder à perdre un sou.

Tinette (goût de) : ça ne traînera pas (par allusion au beurre qui rancit dans la tinette).

Torriâble : juron, corruption de mort-diable, tord-diable, tord-yâble.

Tug : (anglais) remorqueur, toueur.

Valeur (c'est de) : fâcheux, malheureux, regrettable, irritant.

Vent (prendre) : attendre, prendre le temps de souffler.

CHRONOLOGIE

1893   Le 16 avril, à Saint-Jérôme (comté de Terrebonne), naissance de Germaine Grignon, fille de Joseph-Jérôme Grignon, avocat et écrivain, et de Valentine Labelle.

1895   Ses parents s'installent à Sainte-Scholastique; son père y occupe la fonction de protonotaire.

1899-1912 Études primaires chez les sœurs de Sainte-Croix à Sainte-Scholastique, puis chez les sœurs de Sainte-Anne à Saint-Jérôme et à Lachine, enfin au Loretto Abbey de Toronto, où elle se spécialise en anglais.

1912   Elle remplace à l'occasion le sténographe officiel du Palais de Justice et sert de secrétaire aux avocats de passage à Sainte-Scholastique, le chef-lieu du comté. Elle écrit son premier texte dans *l'Avenir du Nord*.

1916   Le 24 mai, à Sainte-Scholastique, elle épouse Hyacinthe Guèvremont, originaire de Sorel, arrière-petit-fils de Moïse-Didace Beauchemin, fonctionnaire au service des douanes à Ottawa. Le couple s'installe dans cette ville. De ce mariage naîtront cinq enfants.

1920   Les Guèvremont s'installent à Sorel; Hyacinthe s'associe à son frère Georges, pharmacien.

1926   Mort de sa fille Louise, âgée de trois ans et demi. Sur les conseils de son beau-frère, Bill Nyson, elle se lance dans le journalisme, d'abord à *The Gazette* et au *Courrier de Sorel*.

1928   Elle est rédactrice du *Courrier de Sorel*.

1935   Elle se fixe avec sa famille à Montréal où son mari entre à l'emploi de la ville, à titre d'évaluateur. Elle travaille comme sténographe et secrétaire aux Assises criminelles.

1938   Collabore à *Paysana* que dirige Françoise Gaudet-Smet (jusqu'en 1945); chef de secrétariat de la Société des Écrivains canadiens (jusqu'en 1949) et collabore avec son cousin Claude-Henri Grignon à la rédaction de 19 sketches des «Belles Histoires des Pays d'en haut».

1939   Les 26 et 27 janvier, création au Théâtre Mont Royal d'une pièce, «Une grosse nouvelle». À compter d'avril, publication d'un roman-feuilleton intitulé «Tu seras journaliste».

1940   Collabore À *l'œil* où elle signe une chronique sous le pseudonyme «la Femme du postillon».

1942   Publication d'un recueil de contes, *En pleine terre,* dont plusieurs avaient paru dans *Paysana.* Elle commence la rédaction du *Survenant.*

1943   Parution du premier chapitre du *Survenant* dans *Gants du ciel.*

1945   Publication du *Survenant,* à compte d'auteur. Prix Duvernay de la Société Saint-Jean-Baptiste de Montréal.

1946   Prix David pour son roman *le Survenant,* qui paraît en France. Prix Sully-Olivier de Serres. Délégué de la Société des Écrivains canadiens aux assises annuelles de l'Association des Auteurs canadiens à l'Université de Toronto.

1947   Publication de *Marie-Didace.* Médaille de l'Académie canadienne-française. Parution en feuilleton dans *le Monde français* (à partir du 15 novembre) de *Marie-Didace.*

1948   Elle est reçue à l'Académie canadienne-française.

1949   Publication à Paris de *Marie-Didace.* Membre de la Société des Écrivains canadiens.

1950   Traduction anglaise du *Survenant* sous le titre *The Outlander* (*The Monk's Reach* à Londres). Prix du Gouverneur général.

1951   Voyage à Banff où elle reçoit le prix du Gouverneur général. Membre du jury du prix du Cercle du livre de France. *Le Survenant* et *Marie-Didace* sont présentés à Radio-Canada dans la série «les Grands Romans canadiens».

1952   Elle reçoit un doctorat honorifique de l'université Laval. Conférencière aux cercles littéraires de Toronto.

1954-1960 Adaptation pour la télévision du *Survenant* et de *Marie-Didace*. Le 23 juin, «Une grosse nouvelle» donnée à CBFT puis, le 25 juillet, «les Demoiselles Mondor».

1959   Film de l'O.N.F.: *Germaine Guèvremont, romancière*.

1960   Elle reçoit un doctorat honorifique de l'Université d'Ottawa.

1961   De septembre à mars 1962, elle collabore au *Nouveau Journal* que vient de fonder Jean-Louis Gagnon.

1962   Elle est reçue à la Société royale du Canada.

1964   Le 7 juillet, décès de son mari, à Montréal.

1966   Boursière du Conseil des arts du Canada.

1967   Un chapitre d'un recueil de souvenirs reste inachevé, «le Premier Miel», paraît dans *le Devoir* et dans *Châtelaine*.

1968   Le 3 juin, «l'Adieu aux îles» est présenté à CBFT dans le cadre de la série «Présence» et est repris le 9 septembre. Elle est élue au conseil de surveillance de l'Association coopérative des Éditions Québécoises audio-visuelles. Le 21 août, elle meurt à la Villa Médica (Montréal). Funérailles et inhumation à Sorel.

BIBLIOGRAPHIE

I. *ŒUVRES*

En pleine terre. Paysanneries. Trois contes, Montréal, les Éditions
«Paysana» ltée, [1942], 159 p.

Montréal, les Éditions «Paysana», [1946], 156 p.
gravures sur linoléum de Maurice Petitdidier, Montréal et Paris,
Fides, [1955], 125 p. (Collection Rêve et Vie).
illustrations de André Bergeron, Montréal, Fides, [1976]), 140
p. (Collection du Goéland).

Le Survenant. Roman, Montréal, Éditions Beauchemin, 1945, 262 p.
Paris, Librairie Plon, les Petits-Fils de Plon et Nourrit,
imprimeurs-éditeurs, [1946], 246 p.
Paris, Librairie Plon, 1954, 251 p.

Montréal et Paris, Fides, [1959], 198 p. (Collection du Nénuphar).

Montréal et Paris, Fides, [1962], 286 p. (Collection Alouette
bleue).

Montréal et Paris, Fides, [1962], 190 p. (Collection du Nénuphar).

Montréal et Paris, Fides, [1964], 190 p. (Collection du Nénuphar).
Chronologie, Bibliographie et Jugements critiques, Montréal et
Paris, Fides, [1966], 248 p. (Bibliothèque canadienne-
française).

Montréal, Fides, [1967], 248 p. (Bibliothèque canadienne-française).

Montréal, Fides, [1968], 190 p. (Collection du Nénuphar).

Montréal, Fides, [1969], 190 p. (Collection du Nénuphar).

Montréal, Fides, [1970], 248 p. (Bibliothèque canadienne-française).

Montréal, Fides, [1971], 248 p. (Bibliothèque canadienne-française).

Montréal, Fides, [1974], 223 p. (Bibliothèque canadienne-française).

The Outlander. Translated by Eric Sutton, Toronto, McGraw Hill of Canada Limited 1950, 290 p.

Monk's Reach, London, Evans Bros., 1950, 320 p.
[suivies toutes deux de *Marie-Didace*].

Marie-Didace. Roman, Montréal, Éditions Beauchemin, 1947, 282 p.
dans *le Monde français,* novembre 1947-février 1948.
2e édition revue et corrigée, à Montréal, Éditions Beauchemin, 1948, 282 p.
Paris, Librairie Plon, [1949], 239 p. [Précédé d'une brève analyse du *Survenant*].
Montréal, Éditions Beauchemin, 1953, 282 p.
linogravures de Maurice Petitdidier, Montréal et Paris, Fides, [1956], 210 p. (Collection du Nénuphar).
Montréal et Paris, Fides, [1958], 210 p. (Collection du Nénuphar).
Montréal et Paris, Fides, [1962], 210 p. (Collection du Nénuphar).
Montréal et Paris, Fides, [1965], 210 p. (Collection du Nénuphar).
Montréal, Fides, [1968], 210 p. (Collection du Nénuphar).
Montréal, Fides, [1976], 210 p. (Collection du Nénuphar).
Chronologie, Bibliographie et Jugements critiques d'Aurélien Boivin, Montréal, Fides, 1980, 229 p. (Collection Bibliothèque québécoise).

II. *ÉTUDES*

[ANONYME], «*le Survenant*», dans *le Devoir,* vol. XXXVI, n° 85 (14 avril 1945), p. 8 [reproduit le même jour dans *le Droit,* vol.

XXXIII, n° 87, p. 2, et dans *la Tribune,* vol. XXXVI, n° 46 (21 avril 1945), p. 4].

«*Le Survenant*. Roman régionaliste par Germaine Guèvremont», dans *la Bonne Parole,* vol. XXXV, n° 4 (avril 1945), p. 14.

«*Le Survenant*», dans *la Presse,* vol. LXI, n° 173 (12 mai 1945), p. 30.

«Roman régionaliste», dans *le Canada,* vol. XLIII, n° 118 (20 août 1945), p. 5.

«*Le Survenant* du rêve et du souvenir...», dans *la Tribune,* vol. XXXVI, n° 212 (8 novembre 1945), p. 6.

«Plon éditera *le Revenant* [*sic*]», dans *la Presse,* vol. LXII, n° 178 (15 mai 1946), p. 12.

«Autour et Alentour. Prix David 1946», dans *le Canada,* vol. XLIV, n° 149 (27 septembre 1946), p. 4.

«Le Carnet du bibliophile», dans *Notre Temps,* vol. II, n° 15 (25 janvier 1947), p. 4. [De *la France catholique,* 13 décembre 1946].

«Madame Germaine Guèvremont à l'honneur en France», dans *Notre Temps,* vol. II, n° 18 (15 février 1947), p. 4.

«*Le Survenant*», dans *le Devoir,* vol. XXXVIII, n° 89 (19 avril 1947), p. 9. [De la Revue *Études* Paris), mars 1947].

«Lecture d'un grand roman canadien: *le Survenant*», dans *la Semaine à Radio-Canada,* vol. VI, n° 42 (21-27 juillet 1956), p. 2.

«C'est à Sorel que Germaine Guèvremont a trouvé *le Survenant* et *Marie-Didace*», dans *la Presse,* vol. LXXII, n° 226 (13 juillet 1957), p. 50.

«Dix-sept ans après. *Le Survenant,* où il a été et ce qu'il fait», dans *le Petit Journal,* vol. XXXIV, n° 4 (22 novembre 1959), p. 112.

ARDAGH, Edith, «A Gently Satiric Novel of Sorel Town Where Richelieu and St. Lawrence Join», dans *The Globe and Mail,* vol. CIII, n° 30 055 (April 13, 1946), p. 9.

BARBEAU, Victor, «Germaine Guèvremont, romancière», dans *Notre Temps,* vol. VIII, n° 32 (6 juin 1953), p. 3.

BÉGIN, Émile, «Notes de lecture», dans *l'Enseignement secondaire au Canada,* vol. XXV, n° 3 (décembre 1945), p. 204-205.

209

BENOIT, Fernande, «Germaine Guèvremont, chez elle», dans *la Revue populaire,* vol. XLV, n° 7 (juillet 1952), p. 7, 38.

BERGERON, Albert, «Littérature canadienne-française. Guèvremont (Germaine). *Le Survenant.* Roman [...]», dans *Mes Fiches,* n° 177 (5 janvier 1946), p. 21-22.

BERTRAND, Théophile, «Germaine Guèvremont 'interprète de l'âme paysanne'», dans *la Revue de l'Institut Pie XI,* vol. XIX, n° 28 (14 juin 1958), p. 7-12.

BIRCH, T.-A., «les Livres. Germaine Guèvremont — *The Outlander*», dans *Liaison,* vol. IV, n° 33 (mars 1950), p. 227-228.

BRUNET, Berthelot, «l'Exotisme de ma paroisse», dans *le Canada,* vol. XLIII, n° 40 (21 mai 1945), p. 4.

CHABOT, Cécile, «Avec *le Survenant* et Germaine Guèvremont», dans *Paysana,* vol. VIII, n° 3 (mai 1945), p. 5.

CHAPUT-ROLLAND, Solange, «la Vie Littéraire. *The Outlander*», dans *Montréal-matin,* vol. XX, n° 232 (10 avril 1950), p. 4.

«Kaléidoscope littéraire», dans *l'Action universitaire,* vol. XVII, n° 3 (avril 1951), p. 42-54 [v. p. 44].

«La Femme de lettres à travers le monde. Germaine Guèvremont», dans *Notre Temps,* vol. X, n° 11 (29 janvier 1955), p. 3.

CHARBONNEAU, Robert, *Romanciers canadiens,* Québec, les Presses de l'université Laval, 1972, p. 47-53.

COURTEAU, Guy, «Livres récents. Littérature. Germaine Guèvremont, *le Survenant*», dans *Relations,* 5e année, n° 60 (décembre 1945), p. 337-338.

CIMON, Renée [pseudonyme de Madeleine Bellemarre], *Germaine Guèvremont,* Montréal, Fides, 1969, 56 [4] p. (Dossiers de documentation de littérature canadienne).

COINDREAU, Edgar-Maurice, «*le Survenant*», dans *l'œil,* vol. V, n° 12 (15 juillet 1945), p. 29-30. [De *Pour la Victoire* (New York), 16 juin 1945].

COUTURE, André «Parlez-moi... de livres. Le retour du Survenant», dans *le Droit,* vol. LXVII, n° 109 (3 août 1974), p. 20.

DAIGNEAULT, Yvon, «Germaine Guèvremont s'était faite la confidente attentive des siens», dans *le Soleil*, vol. LXXI, n° 208 (31 août 1968), p. 30.

DEACON, William Arthur, «Germaine Guevremont [*sic*]. An Interview», dans *The Globe and Mail,* vol. CIII, n° 30 055 (April 13, 1946), p. 9.

«Distinguished Canadian Novel in Good English Translation», dans *The Globe and Mail,* vol. CVIII, n° 31 282 (March 18, 1950), p. 12.

DESMARCHAIS, Rex, «Livres et Revues. *Le Survenant,* roman par madame Germaine Guèvremont [...]», dans *l'École canadienne,* vol. XXI, n° 6 (février 1946), p. 313.

DESROCHERS, Alfred, «*le Survenant* par Germaine Guèvremont», dans *la Revue populaire,* vol. XXXVIII, n° 6 (juin 1945), p. 58.

DESROSIERS, Léo-Paul, «*le Survenant.* Par Germaine Guèvremont», dans *le Devoir,* vol. XXXVI, n° 206 (8 septembre 1945), p. 8.

DION, Denis, «la Terre et l'Eau dans l'œuvre romanesque de Germaine Guèvremont». Thèse de maîtrise ès arts, Montréal, université McGill, 1973, 131 f.

DUCROCQ-POIRIER, Madeleine, *le Roman canadien de langue française.* Recherche d'un esprit romanesque, Paris, A.G. Nizet, 1978, p. 333-343, 769-771.

DUHAMEL, Roger, «Chroniques. Courrier des lettres. *Le Survenant*», dans *l'Action nationale,* vol. XXVI, n° 1 (septembre 1945), p. 64-68.

«Réflexions et Images. Germaine Guèvremont parmi nous», dans *le Droit,* vol. LII, n° 39 (15 février 1964), p. 19.

DUQUETTE, Jean-Pierre, «Étude. Germaine Guèvremont et le roman de de [*sic*] l'eau», dans *le Devoir* (supp. litt.), vol. LXI, n° 265 (14 novembre 1970), p. XVII.

Germaine Guèvremont: une route, une maison, Montréal, les Presses de l'Université de Montréal, 1973, 78 [2] p. (Collection Lignes québécoises).

«Le Testament littéraire de Germaine Guèvremont», dans *le Devoir,* vol. LXV, n° 120 (25 mai 1974), p. 13.

E., N.-D., «les Livres. Germaine Guèvremont, *le Survenant.* Roman régionaliste [...]», dans *le Canada français,* vol. XXXIII, n° 1 (septembre 1945), p. 74-75.

FOREST, Gilbert, «Quelques propos sur la littérature canadienne (IV)», dans *Collège et Famille,* vol. XXI, n° 1 (février 1964), p. 17-26 [v. p. 18-19].

FRANQUE, Léon [pseudonyme de Roger CHAMPOUX], «*le Survenant*», dans *la Presse,* vol. LXI, n° 173 (12 mai 1945), p. 30.

GABOURY, Jean-Marie, «Triomphe féminin. Deux romans de Germaine Guèvremont: *le Survenant, Marie-Didace*», dans *Lectures,* vol. IV, n° 12 (mars 1948), p. 65-69.

GACHON, Lucien, «le Prix Sully 1947. À la Canadienne Germaine Guèvremont et à l'Auvergnate Claude Drovaine», dans *la Tribune,* vol. XXXVIII, n° 132 (2 août 1947), p. 4. [De *la Revue de l'Alliance française*].

GAGNON, Louis-Philippe, «*le Survenant*», dans *le Droit,* vol. XXXIII, n° 15 (30 juin 1945), p. 2.

GAY, Paul, «*le Survenant* et *Marie-Didace*», dans *le Droit,* vol. L, n° 187 (11 août 1962), p. 7.

GIGNAC, Joseph, «Chronique du roman. *Le Survenant* par Germaine Guèvremont», dans *les Carnets viatoriens,* vol. XI, n° 3 (juillet 1946), p. 219.

GRIGNON, Claude-Henri, «Germaine Guèvremont», dans *le Digest français,* vol. XXIII, n° 138 (mars 1951), p. 66-72.

GUÈVREMONT, Germaine, «les Lettres. Mes personnages», dans *l'Autorité,* vol. XXXVIII, n° 42 (9 mai 1953), p. 6. [Étude lue à la «Revue des arts et des lettres», à Radio-Canada].

HAMEL, Émile-Charles, «Chronique des livres. *Le Survenant*. Par Germaine Guèvremont [...]», dans *le Jour,* vol. VIII, n° 35 (5 mai 1945), p. 5.

«L'Accueil des États-Unis au *Survenant*», dans *le Canada,* vol. XLVII, n° 283 (11 mars 1950), p. 5.

HAMEL, Réginald, John HARE et Paul WYCZYNSKI, *Dictionnaire pratique des auteurs québécois,* Montréal, Fides, [1976], p. 326-327.

HAMELIN, Jean, «Reparlons donc (en bien toujours) du *Survenant*», dans *le Petit Journal,* vol. XXXI, n° 7 (9 décembre 1956), p. 96.

L'ILLETTRÉ [pseudonyme de Harry BERNARD], «Billet. Histoire d'un Survenant», dans *le Droit,* vol. XXXIII, n° 132 (8 juin 1945), p. 3 [reproduit dans l'*Autorité,* vol. XXXIX, n° 37 (9 juin 1945], p. 1, 4].

«Les Lettres. La mort imprévue de Germaine Guèvremont», dans *le Bien public,* vol. LVII n° 38 (20 septembre 1968), p. 2.

JASMIN, Guy, «Un bon roman régional. *Le Survenant* de Germaine Guèvremont», dans *le Canada,* vol. XLIII, n° 11 (16 avril 1945), p. 5.

«Le Mois littéraire», dans *la Revue populaire,* vol. XXXVIII, n° 12 (décembre 1945), p. 5-6.

KERR, Eileen, «Canadian Pastoral. The Stranger's Interlude», dans *The Gazette,* vol. CLXXII (March 18, 1950), p. 25.

LAFLEUR, Bruno, «*le Survenant* et *Marie-Didace*», dans *Revue dominicaine*, vol. LIV, t. I (janvier 1948), p. 5-19.

LAMARCHE, Gustave, «Leurs figures. Germaine Guèvremont», dans *Liaison,* vol. IV, n° 34 (avril 1949), p. 270-271.

LAMY, Paul, «l'Univers romanesque de Germaine Guèvremont». Thèse de maîtrise è arts, Ottawa, Université d'Ottawa, 1968, 142 f.

LANGEVIN, André, «Nos écrivains. Madame Germaine Guèvremont», dans *Notre Temps,* vol. II, n° 39 (12 juillet 1947), p. 1, 3.

LAS VERGNAS, R., «le Canada à la croisée des chemins», dans *les Nouvelles littéraires,* n° 1 083 (3 juin 1948), p. 6 [reproduit sous le titre «Germaine Guèvremont vue par un Français», dans *Notre Temps,* vol. III, n° 38 (3 juillet 1948), p. 6].

LAURENDEAU, Arthur, «Essai pour situer un roman canadien. L'homme canadien, cet inconnu», dans *l'Action nationale,* vol. XXXII, n° 1 (septembre 1948), p. 36-47.

LAUZIÈRE, Arsène-E., «Coups de sonde dans le roman canadien», dans *Revue de l'Université d'Ottawa,* vol. XXVI, n° 3 (juillet-septembre 1956), p. 306-316 [v.p. 313].

LAVOIE, Michelle, «Du coureur de [*sic*] bois au *Survenant* (filiation ou aliénation)», dans *les Cahiers de l'Université du Québec,* n°s 22-23 (1970), p. 11-25.

LECLERC, Rita, «Étude d'auteur. Germaine Guèvremont», dans *Lectures* (nouvelle série), vol. V, n° 2 (15 septembre 1957), p. 19-20.
Germaine Guèvremont, Montréal, Fides, [1964], 190 p. (Collection Écrivains canadiens d'aujourd'hui).

LÉGARÉ, Romain, «les Livres canadiens. Guèvremont, Germaine, *le Survenant.* Roman [...]», dans *Culture,* vol. VI, n° 4 (décembre 1945), p. 503.
«Recent French-Canadian Novel Writing», dans *The Canadian Author and Bookman,* vol. XXII, n° 2 (June 1946), p. 31.

LÉTOURNEAU, Armand, «les Deux romans de Madame Guèvremont», dans *le Foyer rural,* vol. IX, n° 9 (juin 1950), p. 8-9, 22.

MAJOR, André, «Germaine Guèvremont est morte. Un écrivain simple et fier», dans *le Devoir,* vol. LIX, n° 198 (23 août 1968), p. 12.
«L'Oeuvre de Germaine Guèvremont. Toute de familiarité et de bonté», dans *le Devoir,* vol. LIX, n° 205 (31 août 1968), p. 9.

MAJOR, Robert, «*le Survenant* et la figure d'Éros dans l'œuvre de Germaine Guèvremont», dans *Voix et Images,* vol. II, n° 2 (décembre 1976), p. 195-208.

MARCHAND, Clément, «Dans l'œuvre de Germaine Guèvremont. Conflits et dualités», dans *Notre Temps,* vol. III, n° 23 (20 mars 1948), p. 4.

MARCOTTE, Gilles, «le Roman», dans *Cahiers de l'Académie canadienne-française (III-Essais critiques),* 1958, p. 44-80 [v.p. 65-68].

MAUREL, Charles [pseudonyme de Maria POULIOT], «Entretien avec Germaine Guèvremont», dans le *Droit,* vol. XL, n° 52 (1er mars 1952), p. 2.

MOLLICA, Anthony, «Imagery and Internal Monologue in *le Survenant*», dans *Canadian Modern Language Review,* vol. XXV, n° 1 (October 1968), p. 5-11.

«Germaine Guèvremont», dans *Canadian Modern Language Review,* vol. XXVI, n° 2 (January 1970), p. 64-65.

MONGEAU, Nicole, «les Goûts de Mme Germaine Guèvremont. Du métier d'écrivain au champ de courses, à la table de poker», dans *la Presse,* vol. LXXVII, n° 200 (10 juin 1961), p. 6.

MORGAN-POWELL, S., «The Bookshelf... The Habitant at Home. *The Outlander,* a Notable Study of French-Canadian», dans *The Montreal Daily Star,* vol. LXXXII, n° 65 (March 18, 1950), p. 26.

MORIN, Dollard, «*le Survenant*», dans *le Petit Journal,* vol. XIX, n° 28 (6 mai 1945), p. 12.

O'LEARY, Dostaler, «Germaine Guèvremont», dans *le Roman canadien-français,* Montréal, le Cercle du livre de France, 1954, p. 62-66.

PAQUIN, R., «*le Survenant*», dans *le Devoir,* vol. XXXVIII, n° 89 (19 août 1947), p. 9. [De *Études,* mars 1947].

PARADIS, Suzanne, «Germaine Guèvremont et le vertige des îles», dans *Cahiers de l'Académie canadienne-française. Profils littéraires,* 2e série, Montréal, [s.é.] vol. XIV, 1972, 158 p. [v. p. [33]-43].

PARIZEAU, Alice, «Germaine Guèvremont, écrivain du Québec», dans *la Presse* (supp. litt.), 3 février 1968, p. 12, 14-15.

PELLETIER-DLAMINI, Louis, «Germaine Guèvremont: rencontre avec l'auteur du *Survenant*» dans *Châtelaine,* vol. VIII, n° 4 (avril 1967), p. 32-33, 84, 86, 88.

PINSONNEAULT, Jean-Paul, «Idéal et Principes. Germaine Guèvremont, peintre de l'âme paysanne et poète terrien», dans *Lectures,* vol. X, n° 3 (novembre 1953), p. 96-107.

PLOUFFE, Adrien, «*le Survenant.* Roman régionaliste de madame Germaine Guèvremont», dans *la Patrie (du dimanche),* vol. XI, n° 14 (8 avril 1945), p. 59, 70.

«Présentation de madame Germaine Guèvremont», dans *Présentation,* Société royale du Canada. Section française, n° 16 (1961-1962), p. [93]-98.

PRÉVOST, Arthur, «*Le Survenant,* Sorel et Madame Guèvremont», dans *le Canada,* vol. L, n° 193 (22 novembre 1952), p. 16.

RENAUD, Benoît, «les Techniques littéraires de Germaine Guèvremont». Thèse de maîtrise ès arts, Ottawa, Université d'Ottawa, 1971, 126 f.

RICHER, Julia, «le Livre de la semaine. *Le Survenant*», dans *le Bloc,* vol. II, n° 20 (17 mai 1945), p. 6.

«Littérature vivante. Germaine Guèvremont», dans *Notre Temps,* vol. II, n° 3 (2 novembre 1946), p. 4.

«*Le Roi de Malmotte*», dans *Notre Temps,* vol. II, n° 39 (12 juillet 1947), p. 4.

«*The Outlander* de Germaine Guèvremont», dans *Notre Temps,* vol. V, n° 24 (1er avril 1950), p. 3.

«*The Outlander* et la critique», dans *Notre Temps,* vol. V, n° 29 (6 mai 1950), p. 3.

«Un retour du *Survenant…* C'est un peu moi, dit Germaine Guèvremont», dans *le Nouveau Journal,* vol. I, n° 204 (5 mai 1962), p. III.

ROBERT, Guy, «Trois romans canadiens télévisés», dans *Revue dominicaine,* vol. LXII (mars 1956), p. 82-88 [v.p. 84-86].

ROBIDOUX, Réjean et André RENAUD, *le Roman canadien-français du vingtième siècle,* Ottawa, Éditions de l'Université d'Ottawa, 1966, p. 49-57.

ROY, André, «Chronique des livres. *Le Survenant* de Germaine Guèvremont», dans *l'Action catholique,* vol. XXXVIII, n° 11 973 (7 décembre 1945), p. 4.

ROY, Gabrielle, «Germaine Guèvremont 1900-1968», dans *Mémoires de la Société royale du Canada,* 4e série, vol. VII (1969), p. 73-77.

RUBINGER, Catherine, «Germaine Guèvremont et l'univers féminin», dans *le Devoir* (supp. litt.), vol. LVIII, n° 251 (31 octobre 1967), p. XXII.

SAINTE-MARIE-ÉLEUTHÈRE [Marie-Thérèse LAFOREST], *la Mère dans le roman canadien-français,* Québec, les Presses de l'université Laval, 1964, p. 41-47. (Vie des lettres canadiennes, n° 1).

SAINT-PIERRE, Albert, «l'Esprit des livres. Germaine Guèvremont, *le Survenant.* Roman régionaliste [...]», dans *Revue dominicaine,* vol. LI, t. II (septembre 1945), p. 121-122.

SERVAIS-MAQUOI, Mireille, «Germaine Guèvremont», dans *le Roman de la terre au Québec,* Québec, les Presses de l'université Laval, 1974, p. 189-238. (Vie des lettres québécoises, n° 12).

SHEK, Ben-Zion, *Social Realism in the French-Canadian Novel»,* [Montreal], Harvest House, [1977], 326 p. [v. p. 60, 297].

SOUMANDE, François [pseudonyme d'Émile BÉGIN], «les Romans de Madame Guèvremont», dans *l'Action catholique,* vol. XLIX, n° 15 151 (15 septembre 1956), p. 4.

SYLVESTRE, Guy, «l'Année littéraire 1945», dans *Revue de l'Université d'Ottawa,* vol. XVI, n° 2 (avril-juin 1946), p. 220.

«Réflexions sur notre roman», dans *Culture,* vol. XII, n° 3 (septembre 1951), p. 227-246 [v. p. 239-240].

TURCOT, Claude, «Tous en étaient fascinés. La mystérieuse présence du Survenant», dans *le Petit Journal,* vol. XXXIII, n° 53 (25 octobre 1959), p. 116.

«Retour en arrière avec Germaine Guèvremont. 'Mon Survenant aurait pu être beatnik, lui aussi'», dans *le Petit Journal,* vol. XXXIV, n° 9 (27 décembre 1959), p. 80.

VANASSE, André, «la Rupture définitive. La notion d'étranger dans la littérature canadienne-française», dans *l'Action nationale,* vol. LV, n° 5 (mars 1966), p. 606-611.

«*Le Survenant,* roman de Germaine Guèvremont», dans *Dictionnaire des œuvres littéraires du Québec,* t. III: *1940-1959,* Montréal, Fides, [1982], p. 933.

VAUCHERET, E., Deux conceptions du *Survenant* chez Jean Giono et Germaine Guèvremont», dans *Études canadiennes,* n° 8 (juin 1980), p. 47-56.

VINCENT, Jean, «Cinq minutes avec Germaine Guèvremont», dans *le Devoir,* vol. XXXIX, n° 36 (14 février 1948), p. 2.

Chronologie, Bibliographie et Jugements critiques d'Aurélien Boivin, [Montréal], Fides, [1982], 233 p. (Bibliothèque québécoise).

Mise à jour
(octobre 1984)

LAROCHE, Maximilien, «Neveurmagne!», dans *l'Action nationale*, vol. LXI, n° 6 (février 1974), p. [503]-511.

RICHER, Julia, «Trois poètes, Gilles Hénault, Jean-Paul Filion, Jean Ménard, et deux romans tiennent le coup du temps. *Le Survenant*», dans *Notre Temps*, vol. XVII, n° 27 (12 mai 1972), p. 5.

THÉRIO, Adrien, «*le Survenant* de Germaine Guèvremont (Édition Fides)», dans *Lettres québécoises*, n° 28 (hiver 1982-1983), p. 25-28.

TRAIT, Jean-Claude, «Fides publie une version définitive du *Survenant*», dans *la Presse*, vol. XC, n° 107 (6 mai 1974), p. A-9.

JUGEMENTS CRITIQUES

«*Les Oberlés* de Bazin, c'est une histoire qui se rattache au roman idéaliste et au roman régionaliste. *Colette Baudoche,* de Barrès, et *l'Appel de la route,* d'Estaumié, appartiennent au roman d'analyse et au roman régionaliste. Le nouveau livre de Mme Germaine Guèvremont, c'est du régionalisme pur de tout alliage, comme les romans de Joseph de Pesquidoux, d'Henri Pourrat, de Maurice Genevoix, de Raymond Escholier et de tant d'autres écrivains français qui ont étudié tel ou tel coin de leur pays.

Si j'évoque ces grands romans à côté d'une romancière canadienne-française, c'est parce qu'elle a du mérite, beaucoup de mérite et autant de talent. Il est temps que nous prenions conscience de nous-mêmes, et que nous ne marchandions pas les louanges à ceux qui en sont dignes.»

Adrien PLOUFFE, «*le Survenant*. Roman régionaliste de madame Germaine Guèvremont», dans *la Patrie (du dimanche),* 8 avril 1945, p. 59.

«Si le terroir n'avait pas été inventé, Mme Guèvremont l'inventerait. De fait, les dialogues canadiens du *Survenant,* son dernier livre, sont aussi vivants que si elle les eut imaginés. L'auteur a voulu peut-être suivre la réalité de très près, et l'on est pourtant en face de trouvailles constantes.

[...] Germaine Guèvremont a comme retrouvé une langue, avec toute sa saveur et ses images premières. Il nous arrive de lire un livre du dix-septième pour l'unique plaisir de retrouver une langue incomparable; *le Survenant* nous donne le même plaisir d'entendre un langage dont on peut savourer les moindres phrases.»

Berthelot BRUNET, «l'Exotisme de ma paroisse», dans *le Canada*, 21 mai 1945, p. 4.

«Les mœurs champêtres y sont agréablement influencées par le mouvement de la navigation. Madame Guèvremont, qui a une prédilection visible pour ce coin de terre, a su discerner les mille et un riens qui fondent le caractère de la population dans la nature ambiante. Le rythme vital des saisons, la poésie de la terre et de l'eau, le pont de glace, les îles d'en face, les replis de la population agricole sur Sorel, la roublardise de certaines gens, les rivalités de clocher, les divertissements populaires qui prennent les proportions d'événements considérables (comme la foire de Sorel), les soirées de la campagne avec leurs remous psychologiques ou moraux, tout cela se tient et trouve en Mme Guèvremont une interprète fervente et fidèle. Il n'est pas jusqu'à la réputation de Sorel qui ne prête à la passion maîtresse de l'oiseau de passage un aliment plausible et un semblant de justification.»

Louis-Philippe GAGNON, «*le Survenant*», (dans *le Droit,* 30 juin 1945), p. 2.

«Et voilà que, malgré tous les enseignements des livres, je me refuse à croire que Louis Hémon est mort tragiquement à Chapleau. Non, il est venu au Chenal du Moine. C'est lui le Survenant mystérieux, dont nul ne connaît la véritable identité. Parmi ces gens tout d'une pièce que sont le père Didace Beauchemin, les Provençal, David Desmarais, il découvre les êtres infiniment plus complexes d'Angélina Desmarais, d'Alphonsine et d'Amable Beauchemin. Il se familiarise avec toute la vie quotidienne de ce microcosme, les habitudes et les tics de ses habitants; il s'emplit les yeux des reflets changeants de l'eau du fleuve et des arbres de la commune, selon le jeu des saisons. Il va lui-même être pris aux charmes de cette vie à la fois paisible et violente, paisible dans sa routine, violente dans le sang des hommes qui la vivent.

Mais il apporte en même temps dans ce coin tranquille la senteur de goudron des escales et les rumeurs du vaste monde. Aussi quand il s'aperçoit qu'Angélina Desmarais, au lieu de hausser une lampe de vestale dans l'attente d'un François Paradis de vieille paroisse, semble prête à suspendre pour lui la lanterne rouge de la passion, le Survenant — que je me représente toujours sous les traits de Louis Hémon — reprend la route pour chercher, avec la délectation morose de l'artiste authentique, si toutes les passions ne s'ébattent pas aux cœurs d'apparence les plus simples et si rien ne ressemble tant à un raffiné de ville que l'être frustre, vivant seul avec lui-même.»

Alfred DESROCHERS, «*le Survenant* par Germaine Guèvremont», dans *la Revue populaire,* juin 1945, p. 58.

«Le roman régionaliste exige une bonne dose de courage; à l'origine de nos lettres, quiconque tenait une plume au Canada français se devait d'écrire des contes, des récits, des nouvelles d'inspiration paysanne. Nous sommes à la vérité saturés de ce genre secondaire; pour ma part, l'art d'un Henri Pourrat ou d'un Charles Silvestre me laisse assez indifférent. Trop de nos écrivains ont voulu refaire *Maria Chapdelaine* et cette tentative ne leur a pas porté chance. C'est dire que si je n'avais pas connu personnellement Mme Germaine Guèvremont et déjà eu l'avantage d'apprécier son talent fruste et envoûtant, j'aurais sans doute laissé reposer longtemps son dernier bouquin, sans avoir la tentation d'en couper même les pages.

J'aurais eu grandement tort, car le *Survenant* est une œuvre drue, forte, robuste, d'un accent par où se reconnaissent les quelques rares élus qui ont reçu en partage le don divin de faire vivre des personnages avec intensité et de reconstituer en plénitude l'âme d'un lieu. Je n'ai fait que passer rapidement à Sorel et j'ignore, à ma courte honte, le Chenal du Moine. Du moins je l'ignorais jusqu'à tout récemment, car depuis le moment où le roman de Mme Guèvremont m'a révélé ce coin de terre et ses habitants nettement délimités dans leur individualité nullement interchangeable, il me semble que je vis parmi eux et que je saurais les reconnaître du premier coup d'œil. Avouons qu'il est peu de romans canadiens qui nous apportent cette sensation de vie, cette intimité, cette puissance de composition qui pourtant ne recourt jamais aux grands moyens. Et pour un peu je me réconcilierais avec les romans paysans.»

Roger DUHAMEL, «Chroniques. Courrier des lettres. *Le Survenant*», dans *l'Action nationale,* septembre 1945, p. 64-65.

«L'Auteur a trouvé par [un] tour heureux un moyen fort habile de faire participer le lecteur, pendant le cycle d'une année entière, à la vie laborieuse, mais combien fertile en menus drames des habitants des alentours de Sorel. Et parmi ces drames qu'on suit avec grand intérêt à travers le récit, il y a celui de la famille Beauchemin. Je me demande si, dans les courants sous-jacents à l'action principale, ce n'est pas ce drame qui se développe en demi-teintes au foyer Beauchemin qui doit prendre la première place. Il y a là quelque chose de profondément humain. Dans l'amitié et la sympathie que le ‹Survenant› trouve chez le père Didace, dans la collaboration qui naît entre ces deux hommes presque instinctivement, presque à leur insu; d'autre part, dans la jalousie que sa force musculaire, sa dextérité et son endurance provoquent chez le fils Beauchemin et sa femme, on reconnaît facilement la lutte entre deux générations: celle du père qui place la robustesse et l'habileté au sommet des vertus cardinales de la famille; celle du fils et de la bru qui ont perdu cet allant et cette puissance et se contentent de végéter et de mourir à petit feu. Didace Beauchemin reconnaît dans le Survenant l'homme fort et capable qui redorera le blason familial; son fils et sa bru, l'être dangereux qui les amoindrit dans l'esprit de Didace, et leur jouera finalement le tour de trouver au père une seconde femme.»

André ROY, «Chronique des livres. *Le Survenant* de Germaine Guèvremont», dans *l'Action catholique,* 7 décembre 1945, p. 4.

«Les principales composantes de la réussite du *Survenant* pourraient, semble-t-il sans trop de témérité, être ramenées à celles-ci: une intelligente et fidèle observation de la vie paysanne et de la nature soreloise, une adroite et captivante intrigue de péripéties bien agencées, une langue savoureuse où s'équilibrent une saine et discrète poésie des âmes et de la nature, un réalisme de bon aloi, des dialogues très vivants et naturels, l'art de ramasser des traits caractéristiques et un mélange judicieux de prose soignée, de parler familier et de canadianismes bien choisis.

Le Survenant se lit avec plaisir tout d'une traite: il est dans la ligne des meilleurs romans régionalistes français et aussi dans l'esprit de la province de Québec. Souhaitons que le prochain volume, qui doit faire suite au *Survenant,* s'ouvre davantage sur la poésie unique des îles de Sorel.»

Romain LÉGARÉ, «les Livres canadiens […]», dans *Culture,* décembre 1945, p. 503.

«Germaine Guèvremont a créé une personnalité attachante. Le Survenant et la sympathique Angélina constituent le centre de cette lutte entre la terre et la route. Ces deux personnages se présentent en relief au milieu d'un groupe de campagnards dont les activités ne peuvent jamais faire oublier ce couple. Tout est centré sur les deux héros. L'auteur nous soulage ainsi d'une foule de détails de la vie rurale, détails mille fois redits dans d'autres ouvrages. Au lieu qu'ici une sobriété de bon aloi ne livre que les événements [*sic*] et les coutumes propres à l'avancement de l'intrigue. On reste délicieusement étonné du peu d'activité extérieure déployée dans ces pages: quelques travaux de ferme, quelques excursions de chasse, des randonnées à Sorel. L'art de l'auteur a converti ces pauvres rudiments en une œuvre splendide, en les recouvrant d'une profonde couche psychologique et en subordonnant les faits à la trame intérieure.»

Albert BERGERON, «Littérature canadienne-française. Guèvremont (Germaine), *le Survenant* [...]», dans *Mes Fiches,* n° 177 (5 janvier 1946), p. 21.

«Écrit dans une langue rigoureuse, soucieuse du mot juste et dédaignant les effets de style, d'une composition très simple et cependant admirablement équilibrée, *le Survenant* racontait une histoire connue, celle de l'étranger qui survient un jour dans un village avec tout l'attrait de l'inconnu en ses yeux et trouble la vie du bourg pour repartir comme il était venu, sans faire un geste d'adieu. De ce sujet déjà exploité, Madame Guèvremont composa un roman neuf, une œuvre profondément saine qui évitait toutes les ornières du roman paysan et rendait un son indéniable d'authenticité. Son attrait principal est que ses personnages vivent et vivent d'une vie robuste, paisible mais sans cesse parcourue par la douleur en vague de fond, d'une vie étonnamment stable mais cernée de passion étouffée et de désirs inavoués. Il y avait longtemps que nos lettres ne nous avaient pas donné un roman paysan d'une telle justesse de ton et aussi dépourvu d'artifices et de lieux communs. Il serait vain de vouloir suggérer ici que ce n'est pas là qu'un roman régionaliste, le succès qu'il a remporté en France prouve suffisamment sa portée universelle.»

André LANGEVIN, «Nos écrivains. Madame Germaine Guèvremont», dans *Notre Temps,* 12 juillet 1947, p. 3.

«Heureusement, l'auteur du *Survenant* et de *Marie-Didace* possède un don d'atmosphère très personnel qui lui évite de reprendre les grands thèmes de Louis Hémon. La nature, la terre et les saisons ne jouent qu'un rôle bien secondaire dans son roman. Elle a compris que la vraie vie des paysans ne se passe pas au dehors, dans les champs ou dans le bois, mais dans la maison, dans la cuisine même, qui est pour eux la pièce principale: c'est presque toujours là, entre le poêle et la table, que se produisent les heurts, que se tiennent les discussions et que, comme ici, des êtres condamnés à vivre ensemble, se font souffrir du seul fait de leur présence. Son intuition féminine autant peut-être que son instinct d'artiste lui a permis de saisir et de rendre cette atmosphère épaisse de l'existence quotidienne, monotone, terre-à-terre, que mènent ces gens, au milieu de bruits et d'odeurs qui, à force de demeurer toujours les mêmes, finissent par engourdir les esprits.»

Bruno LAFLEUR, «*le Survenant* et *Marie-Didace*», dans *Revue dominicaine*, janvier 1948, p. 17.

«Ce qui compte dans un roman, c'est la création d'un personnage, la reconstitution d'un monde qui témoigne de l'auteur. Ou encore, comme l'écrit Maurois, ‹ce qui est important, c'est qu'il y ait une certaine atmosphère et que lorsque nous y sommes plongés et qu'elle nous est devenue respirable, l'écrivain ne nous en chasse point par un brusque changement de ton. Ce qui est important, c'est qu'il y ait une saveur [spéciale], quelque chose de particulier, de personnel, d'homogène, qui nous donne l'impression de l'unité, parce que c'est en effet l'unité d'une personne, celle de l'auteur qui se projette sans cesse à travers les événements.› Eh bien, dans le cas de Mme Guèvremont, il y a une saveur Guèvremont, un parfum Guèvremont. Il y a des personnages bien en chair: le Survenant, le père Didace, Alphonsine, Angélina. Il y a un monde bien dessiné, le petit monde du chenal du Moine — et peu importe qu'il ressemble ou pas aux alentours véritables de la ville de Sorel — avec son esprit de solidarité et de sympathie profondes, avec son attachante simplicité. Il y a un style Guèvremont, tissé de sensibilité, de charité fraternelle et d'un amour de la terre, de la belle nature de Dieu qui s'extériorise par des touches poétiques d'une délicatesse charmante, toute féminine. Et, Dieu merci, ce n'est pas un style doucereux: nous commençons à voir la fin ‹de cette longue saison, de saccharine, de cette sursaturation de sirop› à laquelle nous ont habitués trop de femmes écrivains de la pire espèce. De la vigueur, pas de mièvrerie, ni dans l'écriture, ni dans les personnages qui portent tous à morte-charge leur part de défauts, voire de vices. Même la visite du curé nous a épargné le portrait traditionnel du ‹vénérable ecclésiastique› , inévitable morceau de bravoure de la littérature à banderoles.»

Jean-Marie GABOURY, «Triomphe féminin. Deux romans de Germaine Guèvremont: *le Survenant, Marie-Didace*», dans *Lectures,* mars 1948, p. 68-69.

«Romans de la terre que *le Survenant* et *Marie-Didace,* mais complexes et profondément humains, détachés de cette technique confortable de l'a-priori régionaliste qui, dans trop d'œuvres superficielles, étale son indigence descriptive et son ignorance des centres valables d'intérêt.»

Clément MARCHAND, «Dans l'œuvre de Germaine Guèvremont. Conflits et dualités», dans *Notre Temps,* 20 mars 1948, p. 4.

«Le livre est bien écrit, sans aucune trace de tension, comme dans tant de «romans paysans» de France, sans la luxuriance païenne de Giono ou de Ramuz, sans aucune imagerie frappante. Le dialogue est convaincant et les personnages sont tracés avec une discrète subtilité. La traduction est remarquablement réussie. *The Outlander* mérite de prendre place parmi certains des meilleurs romans consacrés en Amérique du Nord à la peinture de la nature et de la vie sur la ferme.»

Charles HAMEL, «l'Accueil des États-Unis au *Survenant*», dans *le Canada,* 11 mars 1950, p. 5.

«Dans sa peinture de l'âme paysanne, Mme Guèvremont ne révèle pas seulement ses incomparables dons d'artiste, mais surtout sa connaissance profonde du paysan et du milieu terrien. Il n'est pour s'en rendre compte que de relever au hasard quelques-unes des touches heureuses multipliées par le peintre et destinées à faire saillir tel ou tel trait de la physionomie morale du personnage. Amateur de bonne chère, vantard, curieux susceptible et rancunier, le paysan de Mme Guèvremont sait aussi être sensible, courageux, serviable et généreux. Le passage d'un dernier volier de canards sauvages déchirant la nuit d'un long sifflement d'ailes et la beauté d'un vol d'outardes «claironnant leur fuite des glaces arctiques et leur course à des eaux chaleureuses» émeuvent Didace jusqu'aux larmes. Pétri de durs souvenirs, le cœur de Marie-Amanda se gonfle de chagrin à la pensée que la joie insouciante d'autrefois l'a quitté. Une forte émotion étreint les invités du réveillon de Noël devant la place laissée vide par la mort de Mathilde. Qu'une implacable réalité vienne briser leur rêve de bonheur, ces êtres simples, à l'exemple de la douloureuse Angélina, accueillent l'épreuve comme ils accueillent le temps quotidien: comme une force, supérieure à la volonté, contre laquelle ils n'ont pas le choix. Aucun d'eux ne se laisse dominer par son chagrin et le temps seul vient alléger sa peine. Une passion robuste pour le bien amassé au prix de lourds sacrifices brûle au cœur de ces paysans. Au moment de le céder, le bien des Beauchemin se rattache à Didace par des fibres tenaces, innombrables, et le dernier conseil du chef de famille mourant à sa fille aînée est: ‹Tâche que le bien dure…› C'est même cet amour jaloux du patrimoine qui dicte à l'habitant du Chenal du Moine une méfiance mesquine de l'étranger. De son regard de chasseur, Didace, au lendemain même de l'arrivée de Venant, pénètre au plus profond du cœur de ce dernier ‹comme pour en arracher le secret› . À ce ‹grand dieu des routes› que les Beauchemin ont hébergé, Pierre-Côme Provençal trouve un regard d'ingrat. Et le simple fait que Blanche Varieur, l'Acayenne, ne soit pas du pays suffit à la rendre suspecte aux yeux de tous. On épie chacun de ses gestes, on pèse chacune de ses paroles. Il y a des choses, pense Didace, auxquelles un étranger ne saurait rien comprendre.»

Jean-Paul PINSONNEAULT, «Idéal et principes. Germaine Guèvremont, peintre de l'âme paysanne et poète terrien», dans *Lectures*, novembre 1953, p. 100-101.

«Germaine Guèvremont n'a pas raconté la vie au Chenal du Moine, elle l'a en quelque sorte recréée à travers son tempérament de romancière. Parce qu'elle a reçu de Dieu le don mystérieux de la création artistique, ses livres nous promènent dans un milieu que nous connaissons, bien sûr, mais que nous découvrons grâce à son intuition, à sa faculté de dire avec des mots nouveaux, de ressentir avec des sentiments neufs, les secrets des personnages hauts de stature et de couleur qui ‹habitent› vraiment le Chenal et qui sont ‹habités› par des passions d'hommes, par des préoccupations qui au delà de leurs épidermes canadiennes rejoignent celles des hommes universels. L'art de Germaine Guèvremont est humain; intimement engagée dans la destinée de ses personnages, elle nous fait participer à l'existence de ses héros qui, sous leurs salopettes paysans, agissent de façon à nous révéler l'envers de leurs destins. Avec elle nous regardons le paysage du Chenal du Moine, en même temps qu'elle nous découvrons la beauté de la campagne et au même titre qu'elle, la lecture étant aussi créatrice, nous extirpons hors de nous, des émotions qui assouplissent le cœur et partant nous rendent plus sensibles aux douleurs et aux amours de nos frères.»

Solange CHAPUT-ROLLAND, «la Femme de lettres à travers le monde. Germaine Guèvremont», dans *Notre temps,* 29 janvier 1955, p. 3.

«Mais là où Ringuet s'attache à déceler les traits essentiels d'un drame séculaire, Germaine Guèvremont rencontre des êtres humains, contemple la ligne à nulle autre pareille d'un paysage, écoute un langage sonore et vigoureux, perçoit des saveurs et des couleurs. Si Euchariste Moisan peut ressembler à tous les paysans, le Père Didace, le Survenant, Alphonsine, l'Acayenne, Angélina ne ressemblent qu'à eux-mêmes, et nous importent moins par ce qu'ils nous disent, que par ce qu'ils sont. Il n'y a pas, chez Germaine Guèvremont, de drame de la terre; il y a des paysans dont l'existence est troublée, approfondie à divers degrés par l'arrivée du Survenant, par ce qu'il représente de l'Inconnu et de l'Aventure, mais qui ne cesseront pas un moment de se reconnaître dans l'image d'eux-mêmes que leur renvoie la terre. La romancière du *Survenant* a été la première, au Canada français, à dessiner un paysage terrien qui ne soit pas la projection d'un rêve nationaliste, ou d'un rêve de possession, mais un paysage humain et le lieu d'une existence possible. Le dégagement capital qu'elle réalise se reflète d'ailleurs dans un art mûri, sobre et fin, qui la situe au premier rang de nos écrivains.»

Gilles MARCOTTE, «le Roman», dans *Cahiers de l'Académie canadienne-française (III — Essais critiques)*, 1958, p. 67-68.

«Le Survenant est, à l'œuvre de Germaine Guèvremont, ce que Séraphin Poudrier est dans l'univers d'*Un homme et son péché*: un personnage clef, pivot de toute l'intrigue. Ce personnage est une vraie trouvaille sous la plume de la romancière. Elle lui a donné tout ce qu'il faut pour éveiller, dans le monde clos du Chenal du Moine, les passions les plus diverses et les plus contradictoires. Issu d'on ne sait qui, venu d'on ne sait où, il a beaucoup voyagé et vécu bien des expériences; s'il garde un silence obstiné sur ses origines, il parle volontiers et avec éloquence de ce qu'il a vu ailleurs. Au cours de ces longs palabres dont il est coutumier, on l'écoute, tantôt avec une curiosité admirative, tantôt avec une envieuse suspicion. Beau comme un Don Juan, d'une vitalité débordante et d'une prestance de grand seigneur, il plaît beaucoup aux femmes — ce qui n'est pas sans irriter la jalousie des hommes. Il ne les recherche guère cependant et ignore leurs minauderies; s'il marque une condescendance apitoyée pour la tendre dévotion qu'il a devinée chez l'infirme, à aucun moment il ne lui aliénera une liberté qu'il chérit plus qu'elle. Aussi vaillant que bien musclé, aussi adroit qu'infatigable, et *connaissant tous les métiers, il sait, comme pas un,* ‹prendre l'ouvrage dans le droit fil› et le mener promptement à bien; cela lui attire l'estime et l'affection du père Didace, la considération de Phonsine, mais aussi la haine et l'envie d'Amable. Capable à l'occasion de faire valoir ses arguments par la force de ses poings, il est un adversaire redoutable dans les batailles, ce qui lui vaut l'admiration des uns et l'inimitié des autres. La faiblesse de cet Achille, c'est son penchant pour la dive bou-teille, et cette passion qui remplit Amable d'une joie mauvaise fait le désespoir d'Angélina.»

Rita LECLERC, *Germaine Guèvremont,* 1964, p. 44-45.

«Le Survenant, opposé à Amable, figure le représentant idéal de la race, l'élu qui mérite de recevoir la terre en partage parce qu'il pos-sède toutes les vertus requises pour assurer sa sauvegarde. Amable, par contre, s'avère indigne de cet excès d'honneur. Dans l'esprit du père Didace, la silhouette virile du ‹fend-le-vent› se confond avec l'image ardente des conquérants de la terre des Beauchemin. L'étonnante force physique de Venant, sa hardiesse fougueuse, sa noblesse de cœur sont les dons inestimables que ces premiers Beauchemin ont ordonné à tous les fils de leur race de transmettre, intacts, aux générations suivantes. La concordance parfaite entre la volonté des ancêtres tout-puissants et la personnalité du Survenant, réalisation concrète et achevée de cette volonté, constitue l'atout primordial grâce auquel l'étranger s'est gagné la faveur protectrice de Didace. Celui-ci voit en Venant l'incarnation de tous les espoirs qu'il avait, heureux et confiant, formulés pour son fils, espoirs vite déçus par l'exaspérante lâcheté d'Amable. Aussi ‹le vieux se mirait secrètement dans le Survenant jusqu'en ses défauts›.

[...]

Le Survenant, lui, réunit toutes les qualités qu'exige la culture du bien légué à Didace par ses pères: ainsi, après la mort de sa femme, Didace avait quelque peu délaissé la terre mais, ‹en arrivant, le Surve-nant vit tout ce qui penchait, ce qui cherchait à manquer ou qui voulait seulement faire défaut›. La farouche énergie que déploie l'étranger au travail des champs, exacte antithèse de la faiblesse physique d'Amable, tisse peu à peu entre lui et le père Didace des liens solides d'affection. À diverses reprises, l'imagination troublée de Didace superposera l'image bien réelle du Survenant à celle de ce fils idéal dont il a, depuis toujours, rêvé. Au plus fort du sentiment d'orgueil qu'il éprouve devant les exploits réalisés par Venant, Didace identifie l'une à l'autre ces deux images. Ainsi, quand l'étranger vainc Odilon, le fils du maire, Didace ressent la fierté du père: il croit voir se battre son fils à lui, tout comme se sont battus autrefois les premiers Beauchemin, contre les Indiens, pour la conquête du sol. Fou de joie, Didace pense que la vieille terre des Beauchemin a trouvé son maître.

[...]

Ainsi donc *le Survenant* et *Marie-Didace* reconstituent, par tous les traits que nous avons analysés, la vie quotidienne des communautés paysannes canadiennes-françaises demeurées fidèles à la terre et aux traditions qui assurent sa sauvegarde. Germaine Guèvremont ne s'est pas contentée de décrire des mœurs pittoresques, des coutumes locales: elle a tenté de saisir l'essence d'une psychologie collective et d'en définir, scrupuleusement et objectivement, les manifestations essentielles. Son œuvre constitue en partie une étude magistrale de cette mentalité grégaire dont la terre a gratifié la bizarre et attachante coalition des terriens du Chenal du Moine. L'examen de la vie sociale sur la terre, mené de main de maître, tient pour l'essentiel dans le premier roman, qui s'achève avec le départ définitif du Survenant. Ce départ en nécessité par la cohérence psychologique qui préside à l'analyse des caractères dans les deux romans: refusant délibérément la captivité à laquelle contraint la fidélité à une terre, Venant ne pouvait demeurer plus d'un an au Chenal du Moine. La romancière a pourtant pris soin de préparer sa dernière escapade grâce au leitmotiv qui hante l'esprit de l'étranger au cours de ses conversations avec les paysans de la commune: ‹La route le reprendra... La route le reprendra...›. »

Mireille SERVAIS-MAQUOI, *le Roman de la terre au Québec,*1972, p. 205-206, 226.

«Germaine Guèvremont n'a pas abusé de la description. Si ses romans débordent de notations précises, celles-ci sont filtrées par les personnages plutôt qu'étalées autour d'eux. Madame Guèvremont n'a pas oublié que, pour être exprimé et possédé, un pays doit d'abord faire la conquête de l'homme. Elle n'a pas oublié les années rebelles où le charme des îles, pourtant à portée de regard et d'oreille, ne l'atteignait pas. Le paysage qu'elle a intériorisé, de quoi elle a tiré sa lumière et sa musique de romancière, elle a pu en mesurer la générosité mais également l'hermétique silence. L'enchantement de l'eau, de la terre, de la brise, des joncs et des voiliers d'outardes n'agit que sur des racines humaines préparées au plus intime accueil. Le trajet que les îles ont suivi dans l'âme de la romancière menait directement à ces êtres fictifs, plus vrais que la réalité, dont elle a fait ses héros. Peu à peu, la plaine trop nue et trop vaste s'est humanisée et peuplée. L'observation de la romancière soudain infiniment attentive l'a ramenée à ses dimensions de lieu habité, choisi, animé par des êtres qui ont avec elle des affinités et de secrètes familiarités. Sur chaque saison, des silhouettes se sont posées, d'un mouvement et avec des gestes si naturels que la romancière en est éblouie. L'œuvre entière de Germaine Guèvremont tient dans cette minute d'émerveillement — qu'elle appellera plus tard l'état de grâce — où elle se découvre habitée par sa postérité spirituelle.»

Suzanne PARADIS, «Germaine Guèvremont et le vertige des îles», dans *Cahiers de l'Académie canadienne-française*, vol. XIV, 1972, p. 35.

«Le drame le plus déchirant provoqué par le passage du Survenant au Chenal du Moine est sans aucun doute celui de l'abandon d'Angélina. Cela nous amène à considérer l'étrange attitude du grand-dieu-des-routes vis-à-vis des femmes en général. Malgré certaines attentions charmantes (la botte de foin d'odeur à Phonsine, le cornet de bonbons à Angélina le jour de Pâques), il se montre d'habitude plutôt distant avec elles, ou bien il leur tourne carrément le dos. Il ne fait même aucun cas de Bernadette Salvail, ‹belle comme une image›, et de ses toilettes qui scandalisent Angélina. Il en sait long sur les ‹créatures› ; à Phonsine qui l'a traité de ‹vieux garçon›, il réplique: ‹Qui c'est qui t'a déjà dit que j'étais...? Écoute, la petite mère, on ferait peut-être un bon almanach de la mère Seigel avec ce que je connais là-dessus.› On apprendra à la fin qu'il a déjà été marié, à Québec.

L'Acayenne révélera plus tard qu'il avait rencontré plusieurs filles avant d'arriver au Chenal [...] D'où vient cet inexplicable refus de l'amour? D'une expérience malheureuse? D'une autre passion, justement, comme l'alcool? Ou plutôt de son vice intime, du mal qui le tient aux os: la route, la ‹liberté› ? Rien de ce qui pourrait entraver son élan ne doit trouver grâce à ses yeux; Angélina, dont on dira qu'il est son ‹cavalier›, à qui il manifeste même une certaine tendresse, ne le retiendra pas davantage que les filles de la petite rue et toutes celles qu'il a pu rencontrer au hasard de ses vagabondages. [...] Il ne veut avoir aucun compte à rendre, ni par amour ni autrement.

Le Survenant, c'est le voyageur solitaire, parfaitement anonyme. ‹Je vous questionne pas [...]. Faites comme moi. [...] Je vous servirai d'engagé et appelez-moi comme vous voudrez› , dit-il au père

Didace le soir même de son entrée dans le roman. Mystérieux apparu, ‹glorieux disparu› : la boucle se trouve bouclée avec la petite photo trouvée par Angélina. ‹Et pas même un nom à mettre sur sa figure.› (*M.-D.* p. 206). Malcolm-Petit de Lignières, c'est à l'imagination seule que doit peut-être s'adresser ce nom et ce destin qui ne peuvent pourtant pas être ceux d'un autre. Le dernier mot loin d'éclairer ce mystère, épaissira encore l'incognito: la messe qu'Angélina fait célébrer à sa mémoire sera chantée ‹pour un ami défunt›, payée ‹par un particulier›. Et elle retourne à ses rosiers, avec sa peine secrète, qu'elle ne dévoilera à personne désormais. Le souvenir du grand-dieu-des-routes ira s'atténuant, l'eau du temps recouvrira tout et la blessure au cœur d'Angélina cicatrisera peu à peu. Le Survenant sera retourné à la totale liberté, au vide final, à l'absence définitive.»

Jean-Pierre DUQUETTE, *Germaine Guèvremont: une route, une maison,* 1973, p. 26-27.

«En lisant les œuvres de cette trempe, l'on se rend compte que la littérature québécoise [*sic*] est habitée par des textes de haute qualité. Des textes qui se comparent avantageusement à ceux d'autres littératures. S'ils n'existent pas en très grandes quantités, il reste qu'ils représentent un aspect très important de la réalité québécoise. À défaut d'avoir (ou d'avoir eu) une influence réelle sur le milieu, ils inspirent une lecture qui nous réconcilie avec nous-mêmes et nous permet de nous voir sous notre vrai jour. Et de nous savoir capables de nous bâtir sans avoir recours obligatoirement aux ‹autres›. Le Survenant, ce grand fend-le-vent, est justement l'incarnation de ce type de Québécois qui se prend en main: les gens du Chenal-du-Moine, eux qui l'ont à peine connu, sont restés ancrés dans leurs vieilles peurs séculaires. Ils n'ont pas compris la signification de ses gestes et de sa vie. Heureusement, cette ‹race de monde› tend à disparaître. C'est Didace, fils de Didace, qui serait content d'assister à ce réveil.»

André COUTURE, «Parlez-moi… de livres. Le retour du Survenant», dans *le Droit,* 3 août 1974, p. 20.

«Le Survenant est donc, au sein de cet univers, l'incarnation de la vie, figure d'Éros. Sa puissance érotique a certes de fortes qualités spatiales. Inconnu, traversant ce cercle clos comme une pure horizontalité venant d'ailleurs et allant ailleurs, constamment associé à la route, l'eau et le soleil, en somme aux images de mouvement et de vie, le Survenant est au départ investi du mystère du quêteux, type traditionnel au Canada français et de l'auréole libertine et libertaire du coureur de [*sic*] bois. C'est le mérite de Germaine Guèvremont d'avoir su exploiter les grandes richesses de notre mythologie collective pour créer un personnage qui totalise ces figures mythologiques dans ce qu'elles ont de secret et de mystère fascinant. Ce faisant elle a écrit un des premiers romans franchement et sainement érotiques de notre littérature. Le mystère du Survenant c'est celui de la vie, sourde et puissante, et son «don», celui d'ouvrir à cette vie et de la susciter autour de lui.»

> Robert MAJOR, «*le Survenant* et la figure d'Éros dans l'œuvre de Germaine Guèvremont», dans *Voix et Images,* décembre 1976, p. 207.

«Le Survenant apparaît donc comme une sorte de produit culturel fêlé dont le pouvoir envoûtant demeure considérable, particulièrement pour ce qui concerne une certaine fantasmatique de la société québécoise. Or, dans ce roman, la question essentielle qui est posée concerne la filiation. Dans les deux généalogies il y a un chaînon manquant: le Survenant se trouve orphelin de père (du moins si l'on accepte que Malcom-Petit de Lignères et le Survenant ne fassent qu'un) alors que le père Didace renie son propre fils. À vouloir court-circuiter les deux lignées on ne réussit qu'à produire de bien brûlantes étincelles. La fausse filiation engendre l'échec et le Survenant, croyant fuir Angélina, fait en réalité faux bond au père Didace. Éternel enfant prodige, il se montre par contre incapable d'accéder à la paternité. Quant à Didace, il aura accompli dans le plus total aveuglement son destin de meurtrier. Et, si Amable se montre si veule, c'est qu'il a répondu au désir secret de son père. Ce dernier ne saura jamais qu'il a écrasé son fils de sa toute puissance castratrice. Car, si Didace, au lieu de donner son affection bourrue au Survenant, cette oie sauvage qui n'était que de passage, l'avait reportée sur Amable, son véritable fils, peut-être les événements se seraient-ils déroulés d'une tout autre manière. Certes, ces hypothèses relèvent de l'arbitraire et ne méritent pas de trop longues considérations. Ce qui est certain, par contre, c'est que, dans cette poursuite du pouvoir, Didace a dédaigné son fils au profit de l'Autre (qui, est-il séditieux de le dire, parlait anglais). Il a commis une grossière erreur.»

> André VANASSE, *Dictionnaire des œuvres littéraires du Québec,* t. III: *1940-1959,* Fides, 1982, p. 956.

TABLE DES MATIÈRES

Note de l'éditeur   5

Le Survenant   7

Chronologie 203

Bibliographie 207

Jugements critiques 219

BIBLIOTHÈQUE QUÉBÉCOISE

Beaugrand (Honoré)
La Chasse-galerie

Bernier (Jovette)
La Chair decevante

Clapin (Sylva)
Alma-Rose

Cloutier (Eugène)
Les Inutiles

Conan (Laure)
Angéline de Montbrun

Cotnam (Jacques)
Poètes du Québec

DesRochers (Alfred)
À l'ombre de l'Orford

Desrosiers (Léo-Paul)
Les Engagés du Grand-Portage
Nord-Sud

Ferron (Madeleine)
La Fin des loups-garous

Fréchette (Louis)
La Noël au Canada

Garneau (Saint-Denys)
Poèmes choisis

Girard (Rodolphe)
Marie Calumet

Giroux (André)
Au delà des visages

Grandbois (Alain)
Les Îles de la nuit
Les Voyages de Marco Polo

Grandbois (Madeleine)
Maria de l'Hospice

Groulx (Lionel)
L'Appel de la race

Guèvremont (Germaine)
Marie Didace
Le Survenant

Hémon (Louis)
Maria Chapdelaine

Lacombe (Patrice)
La Terre paternelle

Leclerc (Félix)
Chansons pour tes yeux
Dialogues d'hommes et de bêtes
Le Fou de l'île
Le hamac dans les voiles
Moi, mes souliers
Pieds nus dans l'aube

Lemay (Pamphile)
Contes vrais

Loranger (Jean-Aubert)
Joë Folcu

Nelligan (Émile)
Poèmes choisis

Roquebrune (Robert de)
Quartier Saint-Louis
Testament de mon enfance

Savard (Félix-Antoine)
Menaud, maître-draveur

Taché (Joseph-Charles)
Forestiers et voyageurs

Thériault (Yves)
Ashini